Le verre solitaire

Du même auteur :

Le chat Slave

La fourchette à "gâteux"

GILBERT-HENRI MAUNOIR

Le verre

solitaire

Édition : BoD · Books on Demand GmbH,

In de Tarpen 42, 22848 Norderstedt (Allemagne)

Impression : Libri Plureos GmbH, Friedensallee 273,

22763 Hamburg (Allemagne)

Illustration : Verre à dégustation - Cognac

Baccarat (Réf: 2811794)

ISBN : 978-2-3224-9767-6

Dépôt légal : Novembre 2024

PRÉAMBULE

Petits conseils aux lecteurs.

En m'accompagnant dans cette nouvelle enquête, apprêtez-vous à vivre une aventure exaltante, à être ébahis par du suspense insoutenable, à être époustouflés par des moments d'action et des cascades intrépides, à de folles poursuites en voiture, à rencontrer des personnages des aventures de Tintin, à vivre de très grands moments gastronomiques, à assister à un spectacle digne du Moulin Rouge, à être pourchassés par une énorme star américaine (son sosie pour tout dire, je n'avais pas le budget) à des moments de tendresse et même à rencontrer la Belle au bois dormant (note pour les lecteurs de ma dernière aventure : cette fois, c'est vrai !)

Éloignez les enfants, les femmes enceintes, les vieillards, les insuffisants cardiaques et toutes personnes présentant des faiblesses émotionnelles. Âmes sensibles, passez votre chemin.

Je vous aurai prévenus mais si vous vous sentez la force d'aller plus loin, alors installez-vous confortablement et commencez à lire cette captivante aventure !

Contrairement à ce que vous allez croire en lisant cette histoire, ce n'est qu'une pure fiction (étonnant !) Les personnages et les situations sont issus, par je ne sais quel miracle ou quelle malédiction, de mon imagination et toute ressemblance avec des personnes, des lieux ou des évènements particuliers ne serait qu'une extraordinaire coïncidence.

Chapitre 1

La circulation était comme tous les matins de la semaine, aussi fluide qu'au milieu d'un troupeau d'éléphants tentant d'entrer en même temps dans les toilettes d'un wagon SNCF mais c'était les joies de la "grande" ville et ce n'était vraiment pas fait pour moi. Malheureusement, ces bouchons du centre-ville qui offraient aux initiés leur stress quotidien ne se résorbaient pas avant le milieu de la matinée et, pauvre de moi, à cette heure matinale, j'étais en plein dedans. Cela me confirmait le bien-fondé de mon habitude de "lève tard" tant décrié par ma famille.

Cela m'énervait d'avancer à la vitesse d'un escargot. Le carrefour était bloqué par les voitures qui passaient au rouge, bloquant celles qui pouvaient passer au vert, neutralisant ainsi, dans un interminable jeu de bonneteau, les voitures passées au rouge, qui, maintenant pouvaient passer au vert du fait du changement de couleur de leur feu intervenu durant le temps où elles étaient coincées au milieu du carrefour ... Ou vice versa. *(Si vous avez compris quelque chose dans ces lignes, bravo !)*

En attendant de gagner les quelques malheureux mètres qui me permettraient de passer ce satané croisement, je pianotais nerveusement sur mon volant. Les ronflements de mon brave chien, Léon, *(vous commencez à le connaître, sinon, allez lire mes précédentes enquêtes)* allongé comme à son habitude sur la banquette arrière de la Clio, ne contribuaient pas à mon apaisement et me faisaient regretter mon lit tout chaud que j'avais quitté à contrecœur.

Ce matin, la sonnerie du téléphone m'avait réveillé brusquement et c'était encore tout endormi que j'avais pris l'appel, alors que le soleil automnal commençait à peine une timide percée à travers la brume matinale qui tapissait le paysage visible de ma fenêtre.

C'était un appel du directeur d'une galerie d'art qui était située dans la préfecture de notre département qui me proposait d'enquêter sur un vol commis dans son établissement, et dans le cas où j'accepterai cette affaire, il fallait que je vienne aussi vite que possible.

C'était loin de ma zone de confort, les quelques enquêtes que j'effectuais dans ma localité suffisaient à me maintenir financièrement à flot. Mais une affaire "dans la grande ville" ne se refusait pas, d'autant plus que c'était une première pour moi. Après un passage sous l'eau glacée de la douche pour me réveiller et un petit déjeuner pris sur le pouce, je m'étais habillé au plus vite pour me mettre rapidement en route vers cette nouvelle aventure. Voici la raison pour laquelle je me retrouvais ici au milieu de cet embouteillage.

Cet embrouillamini automobile derrière moi, j'avançais tant bien que mal vers ma destination tout en ayant un œil rivé sur l'écran de mon GPS "double Tom" *(je vous laisse deviner la marque)* et l'autre sur la route pour éviter les autres voitures, scooters, patinettes, vélos et piétons qui tentaient régulièrement de passer sous mes roues. Dans ce vacarme de moteurs rugissants, de motos pétaradantes et les vociférations des conducteurs mécontents, j'essayais de suivre au mieux les instructions vocales me guidant vers l'adresse voulue et après quelques détours et demi-tours intempestifs accompagnés de coups de klaxon rageur des forçats du matin et d'un élégant « pauvre c.. » d'un scootériste impatient auquel je répondis par un candide « c'est celui qui dit qui l'est » qui le laissa pantois *(Du vécu !)*, je réussis enfin à atteindre ma destination que le GPS conforta par un carillonnant : « vous êtes arrivés ! ».

Je me trouvai devant un large bâtiment au croisement de deux rues, je passai doucement devant dans l'espoir insensé de trouver une place pour me garer. La galerie se trouvait au rez-de-chaussée de l'édifice et de grandes baies vitrées laissaient voir des peintures et objets d'art exposés.

Impossible de se garer à proximité de l'entrée, je suivis donc une pancarte m'indiquant le parking réservé à la galerie d'art et descendis une petite rue pour faire le tour du bâtiment et me garer à l'arrière de l'édifice sur un des emplacements réservés aux visiteurs. Je quittai la voiture en laissant Léon finir sa nuit, sans oublier de lui ouvrir une fenêtre en grand, pour qu'il puisse sortir et se balader selon son bon vouloir.

J'avisai une porte en fer derrière le bâtiment mais elle n'avait pas de poignée et un fléchage indiquait le chemin à suivre par les piétons pour rejoindre l'entrée de la galerie qui se faisait sur la rue principale. Je fis, comme indiqué, le tour du bâtiment.

Arrivé devant, je tombai sur un policier en faction qui m'interdit, d'un geste de la main, l'accès de la galerie.

— Bonjour, me dit-il, « vous ne pouvez pas accéder à la galerie, elle sera fermée pour toute la journée. »

— Bonjour monsieur l'agent. Malgré tout, je dois pouvoir entrer, c'est le directeur, Monsieur René Sens, qui a demandé de venir de toute urgence aujourd'hui.

Il ouvrit la lourde porte vitrée et me fit signe de le suivre à l'intérieur.

— Je vais prévenir le garde de sécurité de votre présence.

J'entrai à sa suite dans un grand sas. Sur la droite, il y avait un salon d'attente et, en face de moi, j'aperçus à travers une porte vitrée un grand et large couloir qui séparait en deux la surface de la galerie. Sur ma gauche se trouvait un poste de sécurité tout vitré où un agent portant l'uniforme d'une entreprise de gardiennage se tenait assis derrière un comptoir équipé d'un hygiaphone. L'agent de police l'informa de la raison de ma présence puis se tourna vers moi, me salua militairement et sortit reprendre sa place initiale sur le trottoir devant l'entrée.

La casquette de l'homme dans la cage de verre paraissait minuscule tant sa tête était énorme et ses grandes oreilles pointues, sa large mâchoire aux canines proéminentes et ses joues pendantes le faisaient ressembler à un gros chien d'attaque. D'ail-

leurs il avait l'air d'être aussi avenant que ses sem-
blables à quatre pattes et d'un air suspicieux, ce pit-
bull aboya :

— Vous êtes ?

— Bonjour, je suis Gil Trouver, détective privé
et j'ai un rendez-vous avec le directeur, Monsieur
René Sens.

Le rottweiler prit son téléphone d'une patte, composa un numéro et après quelques aboiements et jappements dans l'appareil, se tourna vers moi et m'interpella d'un grognement.

— On va venir vous chercher, me dit-il en me
montrant ses crocs.

— Merci, je patiente.

— En attendant, prenez un siège, en me désignant d'un mouvement de museau le salon d'attente
du sas d'entrée qui se trouvait derrière moi.

Je pris place sur un des fauteuils qui me tendaient
les bras et pour patienter, entrepris de feuilleter une
des revues qui se trouvaient sur une table basse.
Celle-ci était tout en anglais, de l'hébreu pour moi *(le*

contraire étant tout aussi vrai), mais comme tout magazine d'art qui se respecte, les photos parlaient d'elles-mêmes. La partie "Modern Art" retint mon attention. L'amoncellement de vieilles briques, l'urinoir peint en rose et monté à l'envers, les fils de différentes couleurs tendus du sol au mur, la pyramide de boîtes de conserve du type "chamboule tout", la grande toile blanche avec un bouton cousu dessus même pas centré, un mur couvert d'un gloubiboulga coloré provenant de seaux de peinture projetée à la "va-vite", tout cela était déjà dissonant pour moi, mais le meilleur de cet étalage de ce style dit "artistique" était une œuvre incroyable : il s'agissait d'une banane scotchée sur un tableau blanc avec du ruban adhésif et vendu cent vingt mille dollars à Miami *(vous vous souvenez assurément de cette incroyable histoire)*, cela me fit admettre que franchement je ne comprenais rien à cette forme d'art. Je continuai quand même vaillamment à feuilleter le magazine pour voir les différents genres artistiques présentés dans ce recueil.

Je me remettais difficilement les yeux en face des trous après avoir contemplé les représentations des œuvres de la partie "cubiste", quand une femme, que je n'avais pas vu arriver, se mit devant moi et m'avertit de sa présence d'un « kof-kof » *(Tousser en langage BD. Apprêtez-vous à enrichir vos connaissances en lisant cette formidable aventure !)*

Je relevai la tête et découvris ma prof d'anglais de mes tendres années de collégien ou plutôt la caricature de ma prof d'anglais. Devant moi, se tenait raide comme la justice, une grande femme svelte à l'âge indéfinissable, habillée d'un tailleur strict de tweed multicolore et de souliers plats. Ses cheveux bruns tirés en arrière par un chignon mettaient en avant un visage quelconque dénué de maquillage, caché en partie par d'énormes lunettes à monture en écaille aux verres gros comme des hublots de transatlantique.

— Bonjour, Monsieur Trouver, je suis Maud Ernarte, la sous-directrice de la galerie.

Je me levai prestement de mon siège.

— Bonjour, Madame, Monsieur René Sens m'a demandé de venir de toute urgence.

— Oui, il m'en a informé et m'a demandé de vous recevoir, étant lui-même trop occupé pour le moment. Veuillez me suivre dans mon bureau, nous serons plus tranquilles pour discuter.

Elle franchit la seconde porte vitrée du sas pour arriver dans le large couloir où de part et d'autre se trouvaient de grandes ouvertures vers les lieux d'expositions et on continua tout droit en croisant plusieurs policiers qui allaient et venaient. Au fond du couloir laissant sur la droite un monte-charge, elle ouvrit une porte donnant sur un escalier et je montais derrière elle les quelques marches qui nous amenaient au premier étage. Elle ouvrit une des portes du couloir, m'invita à entrer et me fit signe de prendre place sur l'un des sièges réservés à ses visiteurs.

— Voulez-vous un café ?

— Oui, avec plaisir.

De sa machine à capsules, elle fit couler un expresso odorant et cette odeur de café m'apaisa.

Après l'épisode des embouteillages du centre-ville, j'en avais bien besoin.

Elle déposa la tasse devant moi et prit place sur son fauteuil derrière son bureau.

— Merci.

Je bus une gorgée de ce réconfortant breuvage qui me ragaillardit, que demander d'autre ? "What else ?" *(pub subliminale)*. Après ce court instant "Cloonesque", je repris mes esprits et sortis mon calepin avec son crayon sur le côté.

— Pouvez-vous m'expliquer ce que vous attendez de moi ?

— Nous voudrions que vous meniez une enquête sur le vol de cette nuit, sans aucune effraction apparente, puisqu'après vérification, aucune porte ni fenêtre n'a été forcée.

— Que vous a-t-on volé ?

— Une statuette en bois qui représente Saint Pierre en habit papal, portant la tiare pontificale ornée de pierres précieuses.

— A-t-elle beaucoup de valeur ?

— Oh oui ! C'est la pièce maîtresse de notre exposition temporaire, elle était en vente à trois cent cinquante mille euros !

— Cela fait une belle somme !

— Oui, nous n'avions jamais eu une œuvre d'une telle valeur exposée dans notre galerie et c'est une pièce unique au monde.

— Mais alors vous ne faites pas qu'exposer, vous vendez aussi ?

— Oui, c'est le travail d'une galerie d'art privée, nous exposons des œuvres anciennes ou contemporaines pour des marchands d'art ou de riches collectionneurs. Les expositions temporaires ont un thème et ce que nous exposons actuellement porte sur les objets religieux.

— Avez-vous déjà eu des cambriolages ?

— Non, il n'y a jamais eu de vol dans la galerie et la sécurité a même été renforcée quand Monsieur Sens l'a rachetée.

— La statuette était exposée dans une vitrine ?

— Oui, dans la journée, mais pour la nuit, les objets de grande valeur sont mis dans un coffre. Je suis chargée de les y mettre en sécurité tous les soirs et de les réinstaller dans les vitrines d'exposition le lendemain matin avant l'ouverture de la galerie.

— Qui a découvert le vol ?

— C'est moi. Je suis arrivée vers huit heures trente et après avoir déposé mes affaires dans mon bureau, je suis redescendue pour ouvrir le coffre et y prendre la statuette, pour la mettre en exhibition dans sa vitrine avant l'ouverture au public. C'est à ce moment-là que j'ai vu qu'elle n'y était plus. J'ai téléphoné tout de suite au directeur pour l'informer de cette disparition et il m'a demandé d'appeler la police pour déclarer le vol. Les policiers sont arrivés très vite après mon appel, le commissariat se trouve à seulement quelques rues plus loin.

— Il y a d'autres œuvres dans le coffre ou dans les salles d'exposition qui auraient disparu en même temps ?

— Non rien d'autre n'a été volé dans la galerie et dans le coffre il n'y avait que cette statuette.

— Le voleur est entré uniquement pour voler cette statuette en sachant pertinemment où il allait la trouver… Ce n'est donc pas un vol d'opportunité. Vous l'aviez en exposition depuis longtemps ?

— Non, nous ne l'avons reçue qu'hier en début d'après-midi, elle est arrivée dans un camion blindé de transport de fonds.

— Bien, j'ai noté ces informations. Cependant, j'ai vu en arrivant que la police a commencé ses investigations, alors dites-moi pourquoi Monsieur Sens a besoin de mes services sans même attendre la conclusion de cette enquête officielle ?

— Nous en avons parlé ensemble au téléphone quand je l'ai prévenu du vol et il vous a tout de suite contacté car il aimerait une enquête de quelqu'un de neutre pour rassurer nos clients qui nous confient leurs œuvres. Pour Monsieur Sens, les assureurs sont impliqués et ils vont tout faire pour démontrer des erreurs de notre part. D'ailleurs, dès qu'ils ont été avertis, ils nous ont envoyé un de leurs enquêteurs qui est arrivé depuis peu. En ce qui concerne la police, Monsieur Sens pense qu'elle a des affaires bien plus importantes à traiter que d'enquêter sérieusement sur un vol d'une œuvre d'art.

— Justement, en parlant de la police, savez-vous si elle a déjà relevé des indices ?

— Non je ne crois pas, mais on ne nous a rien dit de précis pour l'instant.

— Je peux visiter les lieux ?

— Oui avec moi, c'est possible. Suivez-moi.

On reprit l'escalier et nous regagnâmes le rez-de-chaussée. Je vis que l'escalier se prolongeait plus bas.

— Qui a-t-il au sous-sol ?

— Il y a les réserves qui sont aussi accessibles avec le monte-charge ou par la porte qui donne sur le parking extérieur qui est en contrebas derrière l'immeuble.

— Ah oui, je l'ai vue quand j'ai garé mon véhicule, j'ai remarqué que l'on ne peut pas entrer dans le bâtiment par celle-ci, car il n'y a pas de poignée et j'ai été obligé de faire le tour pour venir jusqu'ici.

— Oui, en effet, ce n'est pas une entrée pour les visiteurs de la galerie.

— Pouvons-nous commencer la visite en allant voir le coffre ?

— Oui suivez-moi, il est dans une pièce à l'arrière de la salle des expositions temporaires.

Dans le large couloir, elle prit l'ouverture sur la gauche où il était indiqué sur un grand panneau coloré "exposition temporaire".

C'était une grande salle avec quelques tableaux accrochés aux murs représentant des scènes de la bible ou des madones à l'Enfant Jésus et des meubles d'exposition vitrés remplis d'objets religieux. Elle salua un gars à l'air triste assis sur une chaise dans un coin, qui tuait le temps en regardant les mouches voler. Elle me renseigna.

— C'est un de nos employés qui surveille les salles dans la journée.

Je la suivis jusqu'au fond de la salle où elle ouvrit une porte où il était écrit "Privé. Entrée interdite". On entra dans une minuscule pièce sans fenêtre où étaient entreposés un chariot et du matériel pour faire le ménage.

— Vous ne fermez pas à clé la porte d'accès à cette pièce ?

— Non, pas besoin, c'est un cul-de-sac et la personne qui fait le nettoyage laisse tout son matériel ici.

Elle me montra le coffre qui était encastré dans un des murs.

— Voilà, c'est dans ce coffre que la statuette a été volée.

J'inspectai vite fait la porte blindée, sans découvrir de trace d'effraction et dans la pièce il n'y avait rien d'autre à voir. Par acquit de conscience, je vérifiai tout de même dans la poubelle et les cartons qui étaient sur le chariot de ménage dans l'espoir de découvrir un éventuel indice, mais je fis chou blanc.

— Il n'y a que vous qui avez la tâche de mettre les œuvres au coffre ?

— Oui, je le fais tous les soirs depuis des années, hormis lors de mes congés, c'est alors Monsieur José Spéré, l'intendant, qui s'en occupe.

— Hier soir, à quelle heure avez-vous placé la statuette dans le coffre ?

— Il était dix-neuf heures quarante-cinq, je m'en souviens bien parce que je me suis dépêchée de récupérer mes affaires dans mon bureau pour attraper le bus de vingt heures à la station qui est juste devant la galerie. Ce n'était pas mon horaire habituel mais nous avions fermé la galerie un peu plus tard que d'ordinaire en raison du vernissage organisé hier soir.

— Ah, vous aviez une réception hier soir ?

— Oui, c'était l'avant-première de l'exposition sur les œuvres religieuses et nous avions invité, comme il se doit, tous les exposants et nos plus importants clients susceptibles d'être intéressés par les œuvres exposées.

— Combien d'invités étaient présents ?

— Il y avait une vingtaine de personnes.

— Vous n'étiez pas bien nombreux !

— Non, mais le nombre d'invités est toujours très restreint, la galerie est trop petite pour en inviter beaucoup plus.

— À quelle heure la réception a-t-elle débuté ?

— Les premiers invités sont arrivés à dix-sept heures, c'était l'heure indiquée sur les invitations.

— Et l'heure de la fin ?

— Il était près de dix-neuf heures trente.

— Cette réception s'est terminée de bonne heure, c'est coutumier ?

— Oui, cela se termine toujours tôt, la présentation des œuvres à nos invités est assez rapide.

— Ils sont tous partis à la fermeture ou certains sont restés après, pour prolonger cette réception en petit comité ?

— Non, tous les invités sont partis après la présentation.

— Dans quelle vitrine la statuette était-elle exposée en journée ?

Elle sortit de la pièce pour retourner dans la salle.

— Celle-là, en me montrant une belle armoire vitrée tout en hauteur au beau milieu de l'espace d'exposition. « Elle était magnifique avec les spots qui la faisaient briller de mille feux ! Quel dommage qu'elle ait été volée ! »

— Quels sont ses dimensions et son poids ?

— Elle mesure environ quarante centimètres de haut et vingt de diamètre au plus large, elle est en bois sculpté et elle est assez lourde puisqu'elle pèse aux alentours de vingt kilogrammes.

— Vous arriviez à la porter toute seule ?

— Oui, ce n'était pas facile, mais j'y arrivais.

En lui montrant la vitrine.

— Comment est-elle sécurisée ?

— Il y a des contacts d'ouverture qui sont reliés directement au poste de sécurité qui se trouve à l'entrée et nous avons toujours un employé en surveillance pour les salles, comme vous venez de le voir.

— Pourquoi ne pas garder la statuette dans cette vitrine sécurisée pour la nuit ?

— La nuit, il n'y a pas d'agent au poste de sécurité pour surveiller les alarmes des vitrines et il n'y a plus de surveillance dans les salles. C'est pourquoi nous avons l'habitude de mettre au coffre les pièces les plus précieuses.

— Alors, comment est gérée la sécurité de la galerie la nuit ?

— Tous les détecteurs d'ouverture des portes et fenêtres sont aussi reliés au commissariat et chaque soir avant que l'agent de sécurité de la galerie ne quitte son poste, il les appelle pour les avertir de la permutation chez eux de la surveillance de nos alarmes d'intrusion. Par contre, les alarmes des vitrines des salles d'exposition ne sont pas permutables.

— Pour sortir d'ici, il n'y a donc que l'entrée principale et la sortie vers le parking au sous-sol, si j'ai bien compris ?

— Oui, tout à fait, il n'y a que ces deux accès.

— J'ai vu la porte principale en arrivant, c'est possible d'aller voir la porte au sous-sol qui donne sur le parking ?

— Oui bien sûr, suivez-moi.

Et on refit le chemin vers l'escalier pour descendre un étage plus bas.

Arrivés au sous-sol, à côté du monte-charge, je vis une grande porte en bois et sur la droite un couloir dans lequel elle s'engagea de quelques pas jusqu'à une porte métallique.

— Voilà, c'est cette porte qui donne sur le parking.

Je la regardai de plus près, elle était tout en acier renforcé. Sur le mur de gauche il y avait un boîtier rouge de "sécurité incendie" et sur celui de droite, une platine en inox scellée dans le mur comportant un gros bouton en son centre.

— Comment l'ouvre-t-on, il n'y a pas de poignée ?

— En appuyant tout simplement sur l'ouverture électrique qui se trouve à droite, dit-elle en me montrant le bouton de la platine en inox.

— Il n'y a pas de système d'alarme ?

— Si, bien sûr, le fait d'appuyer sur le bouton déclenche non seulement l'ouverture automatique, mais allume aussi un voyant et fait retentir une sonnerie d'avertissement dans le poste de sécurité. L'agent de sécurité est ainsi prévenu, et à l'aide de la caméra qui se trouve dehors juste au-dessus de la porte et qui filme en continu le parking, il peut contrôler qui utilise la porte. Et de plus, toutes les manœuvres de cette porte sont enregistrées dans le système informatique.

— Et en pleine nuit ?

— Comme je vous le disais, les alarmes d'ouverture sont transférées au commissariat tous les soirs.

— Donc, si cette nuit quelqu'un avait utilisé cette porte, il aurait fait sonner une alarme au commissariat ?

— Oui, et la police se serait déplacée de toute urgence. Et de toute façon, nous le verrions sur les données informatiques et les vidéos de surveillance.

— Il y a d'autres caméras hormis celle-ci ?

— Il y en a trois en tout avec celle du parking, les deux autres couvrent les deux façades de la galerie, une sur la rue principale et la deuxième sur la rue menant au parking.

— Pas de caméras dans la galerie ?

— Non, nous n'en avons aucune, il n'y en a pas besoin puisque nous avons un employé qui surveille les deux salles dans la journée.

— Qui utilise cette porte pour accéder au parking ?

— Peu de monde, elle est utilisée dans la journée lorsque nous avons des livraisons et tous les soirs par notre intendant, Monsieur José Spéré et par Monsieur le Directeur. Ils l'utilisent pour accéder directement au parking où ils garent leur voiture, pour éviter de faire le tour du bâtiment.

— Vous et les autres employés ne l'utilisez pas ?

— Non, nous prenons les transports en commun pour venir.

— Combien êtes-vous à travailler ici ?

— Il y a Monsieur René Sens et moi-même à l'administration. La gestion de l'espace d'exposition est faite par l'intendant. Pour l'accueil des clients et à la surveillance des salles, nous avons trois employés en rotation et pour finir, nous avons un magasinier qui fait office d'homme à tout faire, Monsieur Sabri Kole.

— J'ai vu que vous aviez aussi des agents de sécurité ?

— Oui, mais ce sont des salariés d'une société extérieure que nous employons, nous avons quatre agents qui se relaient et ce sont les mêmes employés qui travaillent depuis des années chez nous.

— Quels sont les horaires d'ouverture de la galerie ?

— Du lundi au samedi de neuf heures trente à dix-neuf heures trente sans interruption.

— Et les agents de sécurité ont les mêmes horaires ?

— Non, ce sont eux qui font l'ouverture et la fermeture de la galerie. Ils sont en décalage d'une demi-heure en plus sur nos horaires.

Tout en prenant quelques photos, je regardai attentivement le couloir et j'avisai dans un recoin près de la porte, un verre à digestif posé au sol.

— Pourquoi y a-t-il un verre ici ?

— Je n'en ai pas la moindre idée, c'est peut-être un invité qui a voulu s'isoler pendant la soirée.

— Je peux le prendre ?

— Oui, bien sûr, si vous pensez que c'est important.

Je pris un mouchoir de ma poche pour le prendre et le regardai à la lumière, il avait été utilisé car il restait un peu de liquide transparent au fond. Je le mis dans un sachet plastique, j'en ai toujours plusieurs sur moi, et le calai bien droit dans ma poche.

— Pouvons-nous voir le reste de la galerie ?

— Oui, allons-y.

En arrivant devant la grande porte en bois qui faisait face à l'escalier :

— Qui a-t-il derrière cette porte ?

Elle manœuvra la poignée et l'ouvrit en grand pour que je jette un œil à l'intérieur d'un local encombré de grandes armoires métalliques.

— Ce sont nos réserves et c'est aussi le bureau de Monsieur Kole.

— Il n'est pas encore arrivé ?

— Si si, *(l'impératrice !)* il doit être en train de faire le ménage dans les bureaux à l'étage.

— Bien, je vous suis pour le reste de la visite.

Elle gravit les quelques marches pour retrouver le rez-de-chaussée. Là, deux hommes étaient en discussion. Un petit gars râblé, la petite soixantaine, avec un visage avenant, habillé d'un costume vieillot sur une chemise colorée à col ouvert parlait à un autre type très grand, très maigre et très blond qui portait un costume "trois pièces" parfaitement ajusté sur une chemise blanche immaculée mettant en valeur sa cravate bleu marine ornée de jolies armoiries. Sa prestance, son maintien et sa gestuelle étaient très aristocratiques.

En nous voyant, ils arrêtèrent de discuter et le blondin nous gratifia d'un large sourire commercial. Mon accompagnatrice l'interpella :

— Ah ! Monsieur Sens, voici Monsieur Gil Trouver, le détective privé que vous avez appelé ce matin, je fais le tour des locaux avec lui, comme vous me l'avez demandé.

Le sourire toujours en action, il s'approcha de moi et de sa main, large comme une assiette, il engloutit la mienne et me secoua énergiquement le bras à m'en déboîter l'épaule, tout en m'écrasant douloureusement les phalanges.

— Bonjour Monsieur Trouver, content de vous connaître.

— Bonjour, Monsieur Sens, tout en récupérant ce qui me restait de main, en ayant l'impression que mes os étaient broyés.

Il poursuivit :

— Je vous présente M. Jean Quète, il est chargé des investigations sur ce malheureux larcin pour le compte de notre assurance la M.A.F.I.A *(Pour ceux qui ne connaissent pas c'est : la Mutuelle Assurance de France pour les Institutions Artistiques, vous voyez, je n'invente rien !)*. Mais Monsieur Quète a fini son inspection, il allait partir.

Vu la surprise sur le visage de l'autre, il venait d'apprendre en même temps que nous qu'il avait fini son inspection et qu'il partait.

En se tournant vers sa collègue :

— Madame Ernarte, merci d'avoir accueilli Monsieur Trouver et commencé la visite avec lui, je vais pouvoir lui faire visiter le reste des lieux. Pouvez-vous raccompagner Monsieur Quète ?

Chapitre 2

Le directeur me prit le bras et m'entraîna dans le grand couloir.

— Vous m'avez sauvé ! Je n'en pouvais plus, cet enquêteur est tellement suspicieux avec ses questions insidieuses. Les assureurs sont tous comme cela. Chaque année, pour prendre les cotisations, ils sont là, mais dès qu'il s'agit d'indemniser leurs clients, ils font tout pour trouver des raisons pour y échapper.

— Que vous reproche-t-il ?

— Tout, le nombre d'agents de sécurité qu'il juge insuffisant, le fait que la nuit nous n'en avons pas sur place et que nos systèmes de sécurités sont archaïques. Heureusement qu'en début d'année nous avons eu la visite d'un de leurs contrôleurs qui a entériné l'ensemble de notre système de sécurité et qu'à part la panne électrique d'hier soir, nous n'avons jamais eu de problèmes.

— Il y a eu une panne électrique hier soir ?

— Oui, juste après mon départ, il y a eu une coupure générale.

— Dans tout le quartier ?

— Non, juste dans la galerie et après en avoir trouvé la cause, l'agent de sécurité a remis en route l'électricité au disjoncteur principal qui est dans le poste de sécurité.

— À quelle heure cet incident est-il arrivé ?

— Avec le vernissage que nous avions organisé en fin d'après-midi pour notre nouvelle exposition temporaire, je suis parti un peu plus tard que d'habitude, mais c'était aux alentours de vingt heures quinze. Il sortit son smartphone de sa poche pour vérifier, « La panne est arrivée après mon départ à vingt heures et dix-neuf minutes exactement. Elle a été enregistrée par le système informatique que je peux consulter de mon téléphone. » Il le remit dans sa poche « La panne est survenue quand l'agent de sécurité était sur le point de partir. »

— Mais, savez-vous pourquoi le disjoncteur s'est déclenché ?

— Oui, ce n'était pas bien grave, après avoir parcouru les bureaux à l'étage et les salles de la galerie pour rechercher la raison de cette coupure, l'agent de sécurité a finalement découvert que cela s'était passé derrière le comptoir du bar. C'était tout simplement le mixeur qui était tombé dans l'évier plein d'eau qui est juste à côté et cela a provoqué un court-circuit occasionnant la coupure totale de l'électricité.

— Mais pourquoi le mixeur est-il tombé dans l'évier ?

— Suivez-moi, je vais vous montrer, vous allez en comprendre la raison.

Je le suivis au fond de la salle des expositions permanentes où, à la place de la pièce du coffre de l'autre salle, il y avait un espace-bar, agrémenté d'un comptoir. À l'arrière de celui-ci, il y avait un double bac inox encadré d'un lave-vaisselle d'un côté et d'un réfrigérateur de l'autre, suivi d'un meuble bas à tiroirs et portes où était posée une grande cuvette en plastique pleine de vaisselle sale. Derrière nous, le long du mur, se trouvait un grand meuble bas où était posée une cafetière, une petite table avec deux chaises et à côté de quelques bouteilles vides, une grande poubelle débordante de cartons et de détritus.

— Vous voyez, en me le montrant, « c'est ce mixeur qui était posé sur le lave-vaisselle. C'est un vieux lave-vaisselle et je pense que ce sont les vibrations lors de la mise en route qui ont fait tomber le mixeur dans le bac de l'évier. »

— Il reste toujours branché ?

— Oui toujours, comme la cafetière qui est derrière sur le meuble, ce sont les membres du personnel qui les utilisent à l'heure du déjeuner.

Je pris en main le mixeur pour l'inspecter et en le retournant je vis qu'un des pieds en caoutchouc était manquant.

— Cela fait longtemps qu'il manque un des pieds en caoutchouc sur cet appareil ?

— Je ne sais pas, je ne l'avais jamais remarqué avant.

— Cela expliquerait pourquoi il est tombé dans l'eau.

— Oui, c'est possible.

Je reposai l'appareil à sa place.

— C'est déjà arrivé ce genre d'incident ?

— Non, jamais à ma connaissance.

— Pourquoi le bac de l'évier était-il plein d'eau ?

— C'est notre intendant qui s'occupe du bar et du service quand nous avons des réceptions et il a mis des plats et assiettes à tremper avant de partir pour pouvoir les laver facilement ce matin.

— C'est lui aussi qui a mis le lave-vaisselle en route ?

— Oui, il l'a mis en marche juste avant de partir et il devait en lancer un deuxième ce matin pour la vaisselle sale que vous voyez dans le bac plastique.

— Où est rangée la vaisselle habituellement ?

— Dans le meuble bas derrière nous.

J'ouvris les portes dudit meuble, pour découvrir des piles d'assiettes grandes et petites, côtoyant des plats de service en tous genres et des verres de toutes dimensions.

Je restais songeur quelques secondes.

— Le vol aurait pu être commis pendant la coupure de courant ?

— Non, parce que les deux seules portes d'accès au bâtiment ont des serrures électriques et s'il y a une coupure dans l'alimentation, elles sont complètement inopérantes et donc impossibles à ouvrir.

— Mais alors, si la coupure est provoquée par un incendie dans la journée avec vos visiteurs à l'intérieur, quel est le moyen prévu pour évacuer le bâtiment ?

— Sur le côté de ces portes, vous avez dû le voir, il y a un système d'ouverture de secours dans un boîtier rouge protégé par une vitre, il faut briser celle-ci et actionner la poignée qui s'y trouve.

— Un voleur pourrait l'utiliser pour sortir ?

— Non, parce que dès que la vitre est brisée, l'alarme incendie qui a une batterie de sécurité en cas de coupure électrique se déclenche avec une forte sirène que l'on entend dans tout le bâtiment et à l'extérieur et les pompiers et les forces de l'ordre sont automatiquement prévenus.

— Bien, Madame Ernarte m'a dit que l'ouverture du coffre s'effectue en faisant un code sur un clavier digital. Quand l'électricité est coupée, le coffre est-il, lui aussi, impossible à ouvrir ?

— C'est une bonne question … Mais je ne crois pas, le digicode fonctionne en étant juste alimenté avec des piles. Il y a d'ailleurs un voyant rouge qui s'allume quand nous devons les remplacer.

Je notai consciencieusement tous ces éléments dans mon calepin.

— Pour en revenir au court-circuit, c'est quand même étrange que cela soit arrivé la même nuit que le vol, qu'en pensez-vous ?

— Sachant que la galerie est inaccessible en cas de coupure électrique, cela exclut la possibilité pour un voleur d'y entrer durant celle-ci. Alors non, pour moi il n'y a vraiment rien d'étrange, c'est une simple coïncidence ! Et il faut se rendre à l'évidence, un voleur a réussi à déjouer notre système de sécurité en pleine nuit.

— Pouvez-vous me donner l'enregistrement des entrées et sorties de la nuit, une copie des vidéos d'hier, ainsi que la liste de vos invités, et si vous avez la liste des boissons et de la nourriture servies hier soir à vos invités, je la veux bien aussi.

— La liste de ce que nous avons servi hier soir, mais pour quelle raison ?

— Dans mon métier, nous ne laissons rien au hasard, c'est comme pour la liste de vos invités, cela ne me servira certainement à rien, mais si j'en ai besoin, je l'aurai sous la main.

— Ah, je comprends. Je dois bien avoir la facture de ce que nous avons commandé et pour le reste, je peux vous les donner tout de suite, suivez-moi dans mon bureau.

Et rebelote, le large couloir, les marches jusqu'à l'étage et ce coup-ci, on marcha jusqu'au bout du couloir pour trouver son bureau. D'un tour de clé, il ouvrit la porte et je le suivis à l'intérieur.

La pièce était bien plus grande que celle de sa sous-directrice, elle était meublée d'un grand bureau en L de style contemporain en bois blanc, d'une table de réunion du même style, d'un long meuble bas et d'une grande armoire.

Dans des cadres aux murs, sur le meuble bas et sur son bureau, il y avait des photos qui représentaient toujours le même petit chien.

— C'est votre chien ?

— Oui, c'est ma "Poupette", elle est adorable.

Il n'y en avait que pour la célébrissime "Poupette", les photos la représentaient dans son couffin, dans un grand jardin en train de courir, dans les bras de son maître, dans les bras d'une vieille femme toute de rose vêtue et je vous passe toutes les autres situations où elle était représentée. Il y avait même, accrochés au mur, une casquette et un tee-shirt floqués au nom de "Poupette" en lettres d'or.

— Asseyez-vous, je vous imprime les entrées et sorties d'hier, la liste des invités et je vous mets une copie des vidéos sur une clé USB.

Il fit le tour de son grand bureau et dès qu'il fut assis, sortit une cigarette d'un paquet qui se trouvait sur son bureau. Il voulut m'en offrir une, c'était des cigarettes d'importation sans les horribles photos dessus et avec la marque bien visible. Je refusai poliment, ayant arrêté cette fâcheuse habitude depuis des lustres.

Il alluma avec délectation sa clope et après une première bouffée, il se tourna vers son ordinateur, prit sa souris et fit quelques mouvements de sa main pour le sortir de sa torpeur électronique et tapa un code d'accès pour afficher le "bureau Windows" sur son moniteur. Je vis en plein milieu de l'affichage un fichier texte nommé "code coffre".

D'un ton étonné, je lui demandai :

— C'est le code du coffre qui est dans ce fichier texte sur votre écran ?

— Oui… Ah je comprends votre question sous-entendue, ne vous inquiétez pas, vous avez vu que pour accéder à cet écran il faut taper un code secret !

— Oui je l'ai bien vu, mais votre code d'accès, ce ne serait pas "Poupette" ?

Il resta sans voix quelques instants, puis bafouilla.

— Oui, comment avez-vous su ?

— Juste l'intuition du détective *(être bon ou ne pas être bon, telle est la question)*. Mais cela veut dire que toutes les personnes qui ont accès à votre bureau peuvent découvrir le mot de passe de votre ordinateur comme je l'ai fait. Ensuite rien de plus simple que d'ouvrir ce fichier texte pour connaître le code qui ouvre votre coffre !

Il se sentait mal à l'aise, il se tortillait sur son siège

— Oui bien sûr, mais peu de personnes viennent dans ce bureau, je ne reçois que les exposants et les acheteurs. Pour la gestion des salariés, c'est Madame Ernarte qui s'en occupe et pour les questions liées aux expositions, c'est l'intendant qui s'en charge. De plus, quand je suis absent de mon bureau, je le ferme toujours à clé comme vous avez pu le voir.

On entendait un aspirateur en marche à l'étage.

— Et la personne qui fait le ménage ?

— Elle ne peut faire mon bureau qu'en ma présence puisque je suis le seul à avoir la clé pour y entrer.

— À part vous, combien de personnes ont la combinaison du coffre ?

— Seulement deux personnes. Madame Maud Ernarte, qui a la charge de mettre tous les soirs au coffre les objets les plus précieux et les remettre dans les vitrines sécurisées chaque matin avant l'ouverture et à Monsieur José Spéré qui la remplace quand elle doit s'absenter.

Il se tourna de nouveau vers son écran, joua avec sa souris et pianota sur son clavier ce qui ouvrit des dossiers et des fichiers et après quelques instants, l'imprimante posée derrière lui sur un meuble bas cracha rapidement plusieurs documents. Il les prit et me les tendit.

— Voici la liste des invités et celle des heures d'ouverture des ouvrants sous alarme de la journée d'hier et de la nuit, enregistrées sur notre système informatique.

Il fouilla dans un tiroir pour prendre une clé USB qu'il inséra dans son ordinateur et après avoir joué une autre partition sur son clavier, reprit le périphérique de stockage et me le donna.

— Et voici les vidéos. C'est tout ce que vous voulez ?

— Et pour ce qui a été servi hier soir à vos invités ?

— Ah oui ! Il chercha sur son bureau dans un tas de papier à côté de lui, « voilà la commande que nous avons effectuée auprès du traiteur ».

Je pris le document et le parcourus du regard.

— Vous n'avez rien servi d'autre qui était déjà stocké dans le bar ?

— Non, rien d'autre, nous ne gardons aucune nourriture ni boisson. Comme vous l'avez constaté, le bar est complètement vide entre deux réceptions.

— Mais quand nous y sommes passés, il me semble que le réfrigérateur fonctionnait.

— Oui, il est toujours en fonction, les employés y mettent des boissons et leur déjeuner.

— Si j'ai bien compris, il n'y a qu'eux qui l'utilisent comme la cafetière et le mixeur ?

— Oui, ils ont l'autorisation de manger sur place sur la table qui se trouve derrière le bar.

— Merci de ces réponses. J'ai visité vos locaux, vous m'avez donné les documents et enregistrements que je voulais, maintenant dites-moi exactement ce que vous attendez de moi, je ne suis pas sûr de pouvoir faire mieux que l'enquêteur de la police ou celui de l'assureur ?

— Pour être franc avec vous, je ne me fais pas d'illusions parce que je sais que pour un détective privé qui n'a pas les moyens de la police, retrouver le voleur ou la statuette est mission quasi impossible.

Par contre ce que je vous demande c'est d'essayer de trouver comment ce vol a été perpétré. Pour moi c'est le plus important, car si vous trouvez comment les voleurs ont fait pour déjouer les systèmes d'alarme de la galerie, nous renforcerons alors la sécurité pour combler le manquement et prouver notre bonne foi à nos clients qui mettent leurs œuvres d'art en dépôt-vente chez nous.

— Mais si mon enquête est infructueuse ?

— Cela sera ennuyeux. Nous serons alors obligés de revoir de fond en comble tout le système de sécurité de la galerie et cela nous coûtera une petite fortune.

— Merci, comme cela c'est très clair entre nous. Pour les besoins de mon enquête, me donnez-vous l'autorisation d'interroger tout votre personnel et les agents de sécurité ?

— Oui bien sûr.

— Est-ce que je peux commencer les interrogatoires par vous ?

— Vous avez besoin de m'interroger ? Il paraissait offusqué.

— Oui, il faut que je détermine l'emploi du temps exact de chacun et les renseignements que vous pourrez me donner, m'aideront à vérifier l'exactitude des leurs dires.

Il parut rasséréné.

— Je comprends mieux, que voulez-vous savoir ?

— Qu'avez-vous fait après la réception d'hier soir ?

— C'est simple, après le départ des invités, j'ai aidé José à remplir le lave-vaisselle, puis avant de partir, il a lancé le programme de lavage et j'ai fini seul le nettoyage du bar.

— Pourquoi est-il parti avant vous ?

— Parce qu'il devait se lever tôt ce matin, il avait projeté d'aller voir sa famille.

— Bien et ensuite ?

— Une fois le bar nettoyé, je suis monté dans mon bureau pour y prendre mes affaires et je suis allé saluer l'agent de sécurité à son poste avant de quitter la galerie. Pour les heures de nos sorties, tout est noté sur l'enregistrement informatique et nous sommes visibles sur les vidéos prises par la caméra du parking située derrière le bâtiment.

— Vous êtes bien sortis tous les deux par la porte du sous-sol pour aller récupérer vos voitures ?

— Oui. Nous sommes les seuls à venir en voiture et c'est beaucoup plus rapide de passer par cette porte pour rejoindre nos véhicules que de faire le tour de l'immeuble.

— Quand il y a eu la coupure accidentelle de l'électricité, l'agent de sécurité en poste vous a-t-il appelé pour vous prévenir de l'incident ?

— Non, cette coupure de courant je ne l'ai apprise que ce matin en consultant le cahier des évènements tenu par les agents de sécurité. J'ai téléphoné à l'agent concerné pour obtenir plus de renseignements sur cette coupure et il m'a dit qu'il n'a pas jugé utile de m'en informer puisqu'après avoir remis le courant, il a constaté que tout était en ordre. Avez-vous besoin de connaître ou de voir autre chose ? Je n'ai plus trop de temps à vous consacrer.

— Oui, il ne me reste plus qu'à vous demander si vous pouvez me donner l'adresse de vos employés, j'en aurais besoin si je veux les interroger en dehors de leur lieu de travail, c'est souvent moins stressant pour eux quand je les rencontre à leur domicile que de les interroger à la vue de tous leurs collègues.

Il se retourna vers son écran et en quelques clics de souris, lança de nouveau l'imprimante puis me donna le document imprimé.

— Voici la liste du personnel avec leurs adresses, je vous ai mis aussi les coordonnées de l'entreprise de sécurité chez qui vous obtiendrez celles de leurs agents qui travaillent ici.

— Merci, je me levai de mon siège « j'ai juste une dernière question, il y a quatre agents de sécurité qui se relaient, vous savez lequel était présent hier soir ? ».

De nouveau il fit face à son écran et fit virevolter ses doigts sur son clavier.

— Hier soir… C'était Monsieur Gaby Yaut qui était de service, il se retourna vers moi « C'est bon, vous avez tout ce qu'il vous faut pour commencer votre enquête ? » le ton n'était plus du tout avenant, il en avait ras le bol de mes questions.

— Oui merci, c'est suffisant pour entamer mes investigations. Après avoir jeté un œil sur mes notes : « s'ils sont présents aujourd'hui, j'aimerais rencontrer Messieurs José Spéré et Sabri Kole pour les questionner à leur tour. »

— Oui, ils sont là tous les deux, suivez-moi.

Dans le couloir, il frappa à une porte du bureau juste à côté du sien et entra.

— Bonjour, José, je te présente Monsieur Trouver, le détective privé à qui j'ai demandé de faire une enquête sur les évènements de cette nuit. Après qu'il t'ait interrogé, tu l'accompagneras pour qu'il rencontre Sabri. Je te laisse, j'ai du travail.

Et sans attendre de réponse, ni même nous saluer, il s'éclipsa.

Chapitre 3

José se leva et un vint à ma rencontre avec un large sourire. C'était un bonhomme trapu à l'air jovial, la quarantaine bien tassée, cheveux bruns, moustache brune et yeux foncés, il était devancé par de beaux abdominaux Kronenbourg qui ne demandaient, à la vue des boutons dangereusement sollicités, qu'à s'échapper de sa chemise. Il me serra la main du bout des doigts, il avait certainement pris cette habitude à force d'avoir les os broyés par son patron tous les matins.

— Bonjour Monsieur, me dit-il avec un fort accent ibérique.

— Bonjour, j'aimerais vous poser quelques questions.

— D'accord, asseyez-vous.

Voyant que je sortais mon calepin pour prendre des notes, il rangea précipitamment le capharnaüm fait de nombreux classeurs, dossiers et documents entassés à la va-comme-je-te-pousse pour me laisser une place sur son bureau.

— C'est vous qui vous êtes occupé du service au bar durant la réception donnée hier soir ?

— Oui.

— Et, qu'avez-vous servi aux invités ?

— J'ai servi des petits canapés salés et des mignardises. C'est ce qui avait été commandé et livré par le traiteur.

— Et pour les boissons ?

— J'ai principalement proposé du champagne et pour ceux qui n'en voulaient pas, des jus de fruits et du soda. Mais pourquoi demandez-vous ça ?

— C'est pour avoir le maximum d'informations, rien d'autre comme alcool ?

— Ben non, de toute façon nous n'avons pas de réserve de boissons.

— Qu'avez-vous fait après le départ des invités?

— J'ai récupéré les plats, les assiettes et les verres pour les mettre à laver et j'ai nettoyé le bar.

— Monsieur Sens était avec vous à ce qu'il m'a dit.

— Oui, après avoir salué les derniers convives, il est venu m'aider pour finir de ranger puis nous avons rempli le lave-vaisselle.

— Qui a fait le nettoyage des salles après la réception ?

— Personne, puisque c'est monsieur Sabri Kole qui le fait chaque matin avant l'ouverture au public.

— Vous avez mis le lave-vaisselle en route avant de partir ?

— Oui comme à chaque fois, je le lance au moment de mon départ, ainsi tout est propre et sec le lendemain matin et je peux en relancer un autre.

— Votre directeur m'a dit que c'est vous qui avez mis des plats dans l'évier plein d'eau.

— Oui, je laisse toujours tremper ceux qui ne rentrent pas dans la machine, c'est plus facile pour moi de les laver à la main le lendemain.

— Le mixeur était sur le lave-vaisselle, c'est sa place ?

— Oui, c'est là qu'il est habituellement posé.

— Vous en êtes-vous servi durant cette soirée ?

— Non, je n'en ai pas eu besoin.

— Aviez-vous remarqué qui lui manque un pied en caoutchouc ?

— Il lui en manque un ? Non, je ne m'en étais pas aperçu.

— Pourquoi, êtes-vous parti avant votre directeur ?

— C'était prévu que je parte dans la matinée en Espagne pour voir ma famille, je le fais chaque mois, c'est pourquoi je voulais rentrer chez moi pas trop tard et il a bien voulu que je le laisse finir seul.

— Pourtant vous êtes ici ce matin, quid de votre voyage en Espagne ?

— Je ne suis pas parti car Monsieur Sens m'a contacté ce matin pour m'annoncer le vol, il m'a demandé de venir aujourd'hui à la galerie dans le cas où la police voudrait m'interroger, j'ai donc reporté mon voyage.

— C'est habituel qu'il vous aide après les réceptions ?

— Habituel, non, mais cela lui arrive de temps en temps de me donner un coup de main.

— Par quelle porte êtes-vous sorti ?

— Par celle du sous-sol qui mène directement au parking qui se trouve derrière le bâtiment.

— Avez-vous été voir l'agent de sécurité avant de partir ?

— Non, quand on ouvre cette porte, un voyant s'allume et une sonnerie retentit dans le poste de sécurité. Je sais qu'à ce moment l'agent qui est en service regarde l'écran où sont affichées les vues des caméras, alors je me mets face à l'objectif et je lui fais un signe amical, c'est notre habitude.

— Avez-vous une idée de la façon dont les voleurs ont pu entrer dans la galerie en pleine nuit ?

— Non, c'est incompréhensible.

— Vous êtes au courant *(c'est le cas de le dire)* qu'il y a eu un court-circuit causé par le mixeur qui est tombé dans l'évier plein d'eau ?

— Oui, Monsieur Sens m'en a parlé.

— Pensez-vous que le vol aurait pu être commis pendant cette panne électrique ?

— Non, lorsqu'il n'y a plus d'électricité, c'est totalement impossible d'entrer ou de sortir, les portes sont bloquées.

— Bien, avez-vous le code du coffre-fort où les œuvres sont entreposées pour la nuit ?

— Oui, Monsieur Sens me le donne chaque mois.

— Vous le notez quelque part ?

— Euh … Oui, il doit être quelque part par-là, il fouilla longuement parmi tous les papiers entassés devant lui et trouvant un post it froissé, « vous voyez, il est toujours là. »

— Ce n'est peut-être pas raisonnable de le laisser sur votre bureau à la vue de tout le monde.

— Oui vous avez raison, et il le mit dans une de ses poches.

— Bon, j'ai fait le tour des questions que je voulais vous poser, je vous recontacterai si j'ai besoin d'autres informations.

— Je suis à votre disposition pour toutes nouvelles questions. Voulez-vous rencontrer Sabri maintenant ?

— Oui, j'aimerais bien.

Il se leva « suivez-moi », on alla jusqu'au sous-sol où la porte en bois des réserves était cette fois-ci grande ouverte, il entra.

— Sabri ! cria-t-il, « tu es là ? »

On entendit venant du fond.

— Oui, j'arrive !

La surface des réserves était bien plus grande que supposée lors de ma précédente visite puisqu'au-delà des grandes armoires entrevues, il y avait de grandes étagères qui couraient jusqu'au fond de la pièce sur lesquelles étaient entreposées quelques sculptures et de nombreuses caisses de bois de différents formats. L'éclairage provenant de grands néons vieillissants projetait une lueur blafarde et scintillante dans toute la pièce créant d'étranges ombres et les longues formes noires sur le sol, provenant des sculptures, semblaient même en mouvement, c'était assez inquiétant.

On entendit du bruit au fond d'une rangée et on vit arriver un petit bouddha, la trentaine, chauve et tout en rondeur. Il s'approcha avec un large sourire de bienvenue.

— Bonjour, Sabri, je te présente Monsieur … euh …, il se tourna vers moi les yeux interrogatifs.

Je viens à son secours.

— Monsieur Trouver ! Détective privé, et je m'avançai, main tendue vers le bouddha. Qui me la prit du bout des doigts, lui aussi redoutait le broyage de phalanges directorial.

José Spéré reprit la parole.

— C'est le détective que Monsieur le Directeur a engagé, il faut que tu répondes à ses questions. Je te laisse avec lui, tu le raccompagneras à la fin de votre entretien. « Au revoir, Monsieur Trouver, au plaisir », me dit-il en nous quittant.

Bouddha, d'un air aimable, se tourna vers moi.

— Asseyez-vous, tout en me désignant une des deux chaises encadrant un vieux bureau de bois.

— Je vous sers un café ou un thé à la menthe ?

— Oui, je veux bien un thé à la menthe, cela fait longtemps que je n'en ai pas bu.

Il alla vers une table où était branchée une bouilloire électrique, prit deux verres hauts et les posa sur un plateau en cuivre. Tout en versant le thé, à la façon marocaine *(vous savez, celle dont le but du jeu est de servir du plus haut possible sans s'ébouillanter !)*

— Alors, que voulez-vous savoir ?

— Pouvez-vous me donner votre emploi du temps d'hier ?

Il posa le plateau sur le bureau et s'assit sur l'autre siège.

— Hier, je suis arrivé à la même heure que d'habitude et comme tous les jours, l'agent de sécurité et moi avons pris un café ensemble dans le PC, puis je suis allé faire le ménage dans les salles d'exposition. Après l'ouverture de la galerie au public, je suis monté dans les bureaux pour y faire le ménage et l'après-midi j'ai fait des réparations à droite à gauche, du rangement ici dans les réserves et j'ai quitté la galerie à seize heures trente pour prendre le bus à l'arrêt qui se trouve juste devant la galerie et je suis rentré chez moi.

— C'est votre habitude de prendre un café dans le poste de sécurité, le garde n'est pas toujours le même ?

— Oui, vous savez, cela fait des années que nous travaillons ensemble et, quel que soit l'agent, j'ai cette habitude de partager le café du matin avec celui qui est présent.

— Vous avez quitté la galerie avant le vernissage du soir ?

— Oui bien avant.

— Vous n'avez rien remarqué d'inhabituel durant la journée ?

— Non, rien à part l'arrivée du camion qui nous a apporté l'œuvre principale de la nouvelle exposition temporaire.

Il buvait son verre par toutes petites gorgées, j'essayai à mon tour de porter à ma bouche ce verre brûlant. J'avais déjà du mal à le tenir à la main alors quand le liquide bouillant a commencé à me décoller la peau des lèvres, je l'ai tout de suite reposé.

Telle une starlette venant de recevoir une bonne dose de silicone dans les babines, je poursuivis bravement la conversation en ayant l'impression d'avoir deux pneus en guise de lèvres.

— Vous dites que vous faites le ménage dans les bureaux, avez-vous les clés pour y entrer ?

— Non, celui de José est toujours ouvert, par contre pour ceux du directeur et de la sous-directrice, j'attends qu'ils soient présents pour faire le nettoyage de leur bureau.

— Et ils restent quand vous y travaillez ?

— Rarement, la plupart du temps ils en profitent pour aller prendre un café ou discuter avec les autres. Pourquoi, il y a un problème ?

— Non, aucun. C'est juste pour connaître les habitudes de chacun. Ce matin vous avez fait comme à l'accoutumée ?

— Oui, ce matin je suis arrivé dans le même bus que Maud. Le garde de la sécurité qui venait juste d'arriver nous a ouvert et après avoir bu mon café avec lui, j'ai commencé le ménage dans les salles d'exposition, mais je l'ai arrêté quand nous avons été prévenus que la statuette n'était plus dans le coffre.

— Vous arrive-t-il d'utiliser la porte qui donne sur le parking ?

— Oui, je l'utilise quand nous avons des livraisons.

— Et elle fonctionne bien ?

— Ah oui, c'est moi qui en fais l'entretien et les petites réparations et je peux vous assurer qu'elle fonctionne parfaitement.

— Et le système de sécurité est bien opérationnel ? L'ouverture des portes est bien repérée à chaque fois sur le pupitre au PC de sécurité ?

— Oui, nous l'avons vérifié encore la semaine dernière et le système est fonctionnel.

— Merci d'avoir répondu à mes questions, je vous recontacterai au besoin.

— Quand vous voulez, vous connaissez mes horaires.

Il se leva et me raccompagna jusqu'au sas d'entrée du rez-de-chaussée.

— Cela ne vous dérange pas si avant de partir je pose quelques questions à l'agent de sécurité.

— Pas de souci, il frappa à la vitre du poste de sécurité et dit tout fort au berger allemand « Monsieur voudrait te poser quelques questions, fais-le entrer dans ton local, cela sera plus facile pour discuter ». Puis, se tournant vers moi, « au revoir, Monsieur le détective, à bientôt »

Le mastiff, d'un signe de sa grosse patte, m'invita dans sa niche.

— Excusez-moi de vous déranger, je peux vous poser quelques questions ?

Il me répondit d'un grognement baveux que je pris pour un oui.

— Quand vous êtes arrivé ce matin, tout était bien fermé ? Vous n'avez rien remarqué d'anormal, comme par exemple, des voyants d'alarme allumés ?

— Non, tout était OK. Je suis arrivé un peu avant huit heures trente pour prendre mon service et la porte d'entrée était bien fermée à clé et dans le PC sécurité, il n'y avait aucun voyant allumé sur le pupitre.

— Et ensuite ?

— Ensuite, j'ai suivi la procédure, j'ai appelé le commissariat pour qu'il me redonne la main sur nos alarmes puis j'ai fait entrer Mme Ernarte et Sabri qui venaient d'arriver et attendaient à la porte. Après j'ai fait le café, il me désigna une cafetière électrique derrière lui « et Sabri et moi en avons bu une tasse puis discuté de la pluie et du beau temps, c'est notre habitude. »

— Qu'a fait Monsieur Kole après avoir bu son café ?

— Il est parti prendre son chariot de ménage et a commencé, comme toujours, son ménage par les salles d'exposition.

— Quand avez-vous appris qu'il y avait eu un cambriolage dans la nuit ?

— C'est Madame Ernarte qui est revenue de la salle du coffre en criant que la statuette avait disparu et elle a utilisé mon téléphone pour appeler le directeur et ensuite elle a contacté la police.

— À quelle heure votre collègue, qui était là hier soir, reprend-il son service ?

Il ouvrit un tiroir et consulta ce qui semblait être un planning.

— Il ne reprendra son service que demain à midi.

Je notai tout sur mon calepin.

— Merci de ces renseignements, au revoir.

Chapitre 4

En sortant de la galerie, alors que je consultais mes annotations, je fus bousculé par un homme qui entrait sans m'avoir vu, son regard était fixé sur son smartphone sur lequel il pianotait nerveusement. On releva la tête en même temps.

En le reconnaissant, je m'exclamai !

— Inspecteur Paul Hicier ! *(J'espère que vous vous souvenez de ma rencontre dans ma précédente et passionnante enquête « la fourchette à gâteux » avec l'inspecteur, sinon vous savez ce qu'il vous reste à faire !)*

Il releva la tête et me regarda hésitant, je voyais qu'il ne me remettait pas.

— Je suis Gil Trouver, détective privé, je vous avais rencontré pour le vol d'un tableau chez ma tante, vous vous en souvenez ?

Son regard s'éclaircit.

— Ah oui ! je me souviens.

— Que faites-vous ici, aussi loin de votre commissariat ?

— J'ai été appelé en renfort parce qu'ici, ils sont en manque d'effectifs et c'est pourquoi j'ai été nommé sur cette enquête. Et, à mon tour de vous demander pourquoi êtes-vous ici, vous aussi vous êtes bien loin de chez vous !

— Oui c'est vrai, mais c'est le directeur de la galerie d'art qui m'a contacté pour enquêter sur le vol de la statuette.

— C'est étrange, pourquoi vous choisir alors qu'il y a plusieurs sociétés de détectives privés en ville. Quoiqu'il en soit, avec l'enquêteur de l'assurance qu'on m'a mis dans les pattes et vous en plus à fouiner dans tous les coins, cela fait trop de monde sur cette affaire, à mon avis !

— Ne vous inquiétez pas, je sais rester discret et je n'interférerai pas dans votre propre enquête.

— Merci bien, c'est déjà assez compliqué comme cela. Je vois que vous sortez du bâtiment, avez-vous déjà découvert des indices qui pourraient nous aider ?

— Des indices, non ! Mais j'ai noté deux éléments qui m'ont semblé intéressants. Premièrement, j'ai constaté qu'il manque un des pieds en caoutchouc au mixeur qui a provoqué le court-circuit et deuxièmement j'ai trouvé un verre à digestif posé à côté de la porte qui mène au parking dans le sous-sol.

Et je sortis le sac contenant ledit verre pour lui montrer.

Il jeta un coup d'œil en souriant.

— Ah oui, c'est vrai que vous vous attachez à des détails comme les détectives dans les séries télévisées mais vous savez, en réalité c'est beaucoup plus simple, il faut juste de l'expérience et de l'intuition.

Un peu vexé, je remis le sachet dans ma poche.

— Oui peut-être, mais c'est ma façon de travailler. Dites-moi ce que vous pensez de ce vol ?

Il se pencha vers moi comme pour me dire un secret :

— Cela doit rester entre nous, j'acquiesçai de la tête. « Pour moi, par simple déduction en me basant sur les premiers renseignements et les constatations que j'ai faites, cela ne peut être qu'une personne travaillant ici. J'écarte la possibilité que ce soit le directeur, ce vol fait trop de tort à la galerie dont il est le seul propriétaire. Ce n'est pas la sous-directrice non plus, c'est trop évident, tous les soupçons se portent automatiquement sur elle puisque ce n'est que sur sa seule parole que l'on sait que la statuette a été enfermée dans le coffre hier soir et que c'est elle qui dit l'avoir découvert vide ce matin. J'ai demandé quand même à mes agents de chercher dans la galerie un endroit où elle aurait pu la cacher, mais ils n'ont rien trouvé et j'ai vérifié sur les vidéos d'hier soir, elle n'est sortie qu'avec un tout petit sac à main où il est impossible d'y cacher la statuette. Entre nous, ce n'est qu'une vieille fille un peu coincée qui consacre sa vie à cette galerie et elle n'a pas du tout le profil d'une voleuse. »

Il marqua une pause et fouilla longuement dans une des poches de sa veste et extirpa une cigarette électronique. J'attendis poliment quelques instants, mais j'avais trop hâte de connaître la suite de ses déductions et je ne pus résister plus longtemps. Je le relançai.

— Et pour les autres ?

Il prit un malin plaisir à prendre le temps de vérifier le réservoir de sa cigarette, à mettre l'interrupteur sur "ON" et après quelques instants, commença à "tirer" dessus pour avaler une grande bouffée d'un mélange de propylène glycol, de glycérine végétale, d'arôme de synthèse et de nicotine, le tout vaporisé par une résistance chauffante *(ça fait tout de suite réfléchir, non ?)* puis il reprit sa démonstration.

— Pour les autres, cela ne peut pas être le personnel d'accueil ou de surveillance ni les agents de sécurité car ils ne connaissaient pas la valeur estimée de la statuette qui est quasiment dix fois plus élevée que ce que la galerie expose habituellement. Ils ne pouvaient pas connaître le code pour ouvrir le coffre qui est le moyen qu'a utilisé le voleur pour l'ouvrir puisque celui-ci n'a pas été forcé. Et pour l'homme d'entretien, Monsieur Sabri Kole, il est dans le même cas mais il faudra quand même que je pousse un peu plus loin mon enquête sur lui, afin de m'assurer qu'il n'a pas participé directement ou indirectement à ce cambriolage. Il est connu des services de police pour différents faits délictueux et il a même fait quelques mois de prison quand il était jeune. Ceci dit, il se tient à carreau depuis une bonne dizaine d'années.

Il prit le temps d'aspirer une autre bouffée de sa e-cigarette, ménageant de nouveau le suspense avant de poursuivre.

— Comme vous l'avez certainement déduit, après avoir éliminé toutes ces personnes de ma liste de suspects il ne me reste que Monsieur José Spéré.

— Pourquoi lui précisément ?

— Parce que depuis le temps qu'il travaille ici, il doit connaître parfaitement le fonctionnement du système de sécurité et il a dû trouver le moyen de le déjouer. Il attendait le bon moment pour dérober une œuvre d'art et quoique de plus tentant qu'une statuette de plusieurs centaines de milliers d'euros, reste à trouver comment il a fait pour entrer sans être repéré !!

— Peut-être qu'il est tout simplement resté dans la galerie. Sur les vidéos, vous le voyez bien sortir avant la coupure électrique ?

— Oui, on le voit bien sortir par la porte du sous-sol donnant sur le parking, faire un salut à la caméra et partir en voiture. Il regarda sa montre « Bon, je n'ai plus le temps de bavarder avec vous, content de vous avoir revu, et on se tient au courant de l'avancée de notre enquête ! »

Il me serra la main et sans même attendre ma réponse, entra dans la galerie, me laissant seul sur le trottoir.

Je fis le tour du bâtiment pour rejoindre le parking où j'avais garé la Clio quand j'entendis derrière moi un appel, je me retournai et vis l'enquêteur des assurances qui courait vers moi. Il arriva haletant, le visage en sueur.

— La course à pied ce n'est plus de mon âge.
Puis après avoir repris son souffle et essuyé son
front « Vous avez deux minutes à m'accorder ? »

— Oui, j'ai un peu de temps devant moi. Allons
prendre un verre, vous en avez besoin et moi aussi
j'ai une petite soif.

— Ce n'est pas de refus, ce sprint m'a réellement asséché le gosier.

A la terrasse du premier bistrot trouvé, on com-
manda deux bières pression au barman qui nous regarda d'un air étonné, ne comprenant pas pourquoi
nous étions assis dehors en cette saison. C'est vrai
qu'il ne faisait pas très chaud, mais cela nous permet-
tait d'être tranquilles pour discuter à l'abri des
oreilles indiscrètes.

Il attaqua avant même que nous soyons servis.

— Je vais être direct avec vous, je viens de me
renseigner à votre sujet et j'ai appris que vous ne
vous défendez pas trop mal dans votre travail, c'est
pour cette raison que j'aimerais discuter de cette affaire avec vous, si vous êtes d'accord.

— Oui, pourquoi pas.

— Pour ne rien vous cacher, je n'ai aucun élément pour démarrer cette enquête et vous pouvez possiblement m'aider.

— Une enquête ? Mais, votre but principal n'est-il pas de prouver que la galerie n'a pas pris les mesures de sécurité suffisantes afin d'éviter à la compagnie d'assurance le versement d'une indemnisation.

— C'est ce que vous a dit le directeur ?

— Oui, il en est persuadé.

— C'est idiot, ils ont eu un audit de sécurité de leur compagnie d'assurance en début d'année et tout était bon, nous ne pouvons rien leur reprocher de ce côté-là.

— Alors quel est le but de votre enquête ?

— Elle a pour objectif de retrouver l'œuvre volée au plus vite pour éviter, comme vous le devinez, que l'assureur paie les dédommagements prévus au contrat. Découvrir le coupable ou la façon dont le vol a été perpétré n'est pas vraiment important pour nous.

Quand le serveur arriva pour nous déposer nos deux verres de bière, il s'interrompit, pour reprendre aussitôt que le barman repartit au chaud dans son établissement.

— Le directeur vous a demandé d'orienter vos investigations vers un but précis ?

— Oui, il m'a demandé de trouver comment le voleur a fait pour entrer dans la galerie. Pour lui ce qui est primordial c'est de démontrer à ses clients qu'il fait le nécessaire pour découvrir comment son système de sécurité a été contourné afin de le renforcer si besoin.

— Rien d'autre ! Et pour la statuette et le voleur, il s'en fiche ?

— Il pense que je n'ai pas les moyens de les trouver, contrairement à vous et à la police.

Après avoir bu une bonne lampée de bière et essuyé la mousse blanche qui l'espace d'un instant lui avait donné des moustaches à la Jean Rochefort,

— Il n'a peut-être pas tort, mais quand même, je suis persuadé qu'avec votre regard sur cette affaire qui est différent du mien, vous pouvez m'aider et je suis prêt à vous offrir la moitié de ma prime dans le cas où votre travail me permet de la retrouver rapidement. En plus, je peux vous obtenir des renseignements administratifs que vous ne pouvez pas obtenir comme simple détective. Cela vous intéresse ?

Je ne réfléchis que brièvement puisque le deal n'avait que des avantages pour moi.

— Oui, c'est d'accord et si vous pouvez avoir des informations sur les antécédents judiciaires des personnes qui travaillent à la galerie, cela pourrait grandement nous aider.

Il se mit à rire.

— Eh bien, vous ne perdez pas de temps, mais vous savez que c'est beaucoup demander !

— Il faut bien que vous ayez vous aussi ces renseignements, ce sont les principaux suspects pour le moment, vous êtes d'accord.

— C'est vrai, mais en fait je n'en ai pas réellement besoin pour le moment, je vais commencer mon travail différemment. Le voleur pour monnayer son vol a besoin de trouver au plus vite un receleur ayant les moyens de lui acheter cette statuette et je vais plutôt faire passer un message directement à ceux qui sont susceptibles d'accepter une transaction de ce montant.

— Ouah, en effet c'est un sacré raccourci ! Cependant ce serait étonnant qu'ils dénoncent leur vendeur.

Il sourit de nouveau.

— Effectivement, ce n'est pas dans leurs habitudes. L'idée est d'intervenir avant la vente pour les dissuader d'acheter cette statuette, ainsi le voleur ne pouvant plus la vendre sera obligé de négocier avec l'assurance ou tout simplement, de la restituer d'une façon ou d'une autre.

— C'est malin, sauf que nous n'aurions pas le nom du voleur.

— C'est juste mais le plus important pour nous est de retrouver la statuette. Par contre cela va prendre beaucoup de temps et j'aimerais avoir un résultat plus rapidement, c'est pourquoi en complément du mien, votre travail est important à mes yeux. Et si cela peut vous aider dans votre réflexion, je pense qu'il ne faut pas aller chercher bien loin pour connaître le nom du voleur, c'est évident que c'est la sous-directrice qui a fait le coup, reste à prouver sa culpabilité bien entendu.

— La sous-directrice ! Pourquoi ça ?

— Tout simplement parce que c'était très facile pour elle de faire semblant de mettre la statuette dans le coffre et de la cacher dans les locaux en attendant de la récupérer.

— Pourtant, la police a fouillé partout dans la galerie sans rien trouver et la vidéo montre qu'elle est sortie juste avec son sac à main qui ne peut pas contenir la statuette.

— C'est qu'elle n'est pas idiote au point de l'avoir avec elle en sortant ! Elle l'a bel et bien caché dans la galerie, je pense qu'ils n'ont pas cherché là où il faut.

— Oui, pourquoi pas, c'est une possibilité à prendre en compte. Vous ne croyez donc pas à la thèse du directeur qui pense que le voleur aurait pu entrer durant la nuit.

— Non, pas du tout. Avec leur système de sécurité, il est impossible pour un voleur de pénétrer dans la galerie sans être repéré, voilà pourquoi je suis persuadé que le cambriolage n'a pas pu avoir lieu de nuit.

— Et le directeur, il peut avoir ouvert le coffre avant de partir et voler la statuette ?

— Il n'a aucun intérêt à faire ça ! Ce vol porte un coup trop important à la galerie dont il est le seul propriétaire.

— Et l'intendant, il pouvait lui aussi prendre la statuette dans le coffre avant de partir.

— Non, d'après ce qu'a dit le directeur, il a toujours été avec lui jusqu'à son départ et il n'avait rien

dans les mains quand il est sorti, on le voit claire-
ment sur la vidéo.

— Et que pensez-vous de la panne électrique
qui est intervenue juste après la fermeture ?

— Ce n'est qu'une coïncidence.

— Je ne crois pas à ce genre de coïncidence.

— Habituellement moi non plus, mais cette
panne complique trop le travail du voleur pour
qu'elle soit volontaire. Pendant la coupure électrique,
il ne peut pas entrer et s'il est déjà à l'intérieur, il ne
peut pas sortir, vous comprenez mes doutes sur le
fait que cette panne soit intentionnelle.

— Eh bien, vous avez bien avancé dans vos déductions en peu de temps.

— Oui, c'est le métier, cela fait plus de trente
ans que je fais des enquêtes, je vais donc à l'essentiel.

— Pour ma part, je suis plutôt dans le détail et
justement j'ai déjà trouvé deux choses qui pourraient
être des indices.

— Ah bon !

Tout en sortant le sac plastique de ma poche.

— Oui, premièrement, en lui montrant le sac, « j'ai trouvé un verre à digestif posé au sol près de la porte du parking au sous-sol et deuxièmement, j'ai vu qu'il manque un pied en caoutchouc sous le mixeur qui a causé le court-circuit »

— Pour le pied manquant sur le mixeur, il y a de grandes chances que le caoutchouc se soit détaché quand il est tombé dans l'évier, ce qui expliquerait facilement son absence… Puis il regarda le verre d'un air dubitatif « vous savez qu'il y a eu un vernissage hier soir avec une vingtaine de personnes et que de nombreuses boissons ont été servies ? »

— Oui, mais aucun alcool fort, j'ai vérifié. Avouez que c'est étrange quand même !

Je vis à sa mine qu'il n'était pas convaincu.

— Je ne suis pas sûr que cela ait un rapport avec le vol, mais continuez à chercher. Il but le reste de son verre d'un trait. « Bon, il faut que j'y aille. Pour les renseignements que vous voulez, je pense pouvoir les avoir dans une semaine. Vous avez une carte de visite avec vos coordonnées ? »

Nous nous échangeâmes nos petits cartons.

— Ce n'est pas possible de les avoir plus tôt ?

— Malheureusement non, je ne les ai pas directement, c'est un contact que j'ai à la préfecture de police qui fait les recherches pour moi et qui me les transmet. En se levant de sa chaise « N'hésitez pas à m'appeler si vous avez de nouvelles informations ou des indices, au revoir et à bientôt », et il me quitta.

Je regagnai perplexe ma voiture. J'étais dubitatif quant au fait qu'il ait pu obtenir des renseignements sur la qualité de mon travail, la flatterie devait faire partie de son approche pour me convaincre de travailler avec lui. C'était quand même étonnant cette demande de collaboration, je ne voyais pas ce que je pouvais lui apporter, les remarques et déductions qu'il avait faites sur cette affaire démontraient son professionnalisme. J'en déduisis que c'était un opportuniste qui essayait d'utiliser tous les moyens possibles pour résoudre rapidement son enquête.

Arrivé à ma Clio, je remarquai que Léon n'était pas dedans. Cela ne m'inquiéta pas plus que cela, je lui laisse toujours une fenêtre ouverte pour qu'il puisse sortir et réintégrer la voiture quand il veut et cela lui arrivait régulièrement de partir à ma recherche quand je suis trop longtemps absent à son goût. Je sifflai entre mes doigts pour l'appeler et m'assis dans la voiture à l'attendre.

Ce ne fut pas long, il déboucha de la rue en courant, s'arrêta net pour vérifier que c'était bien moi et avant même que j'aie eu le temps de lui ouvrir la portière, d'un bond il accrocha de ses pattes avant le rebord de la fenêtre ouverte, s'aida de ses pattes arrière pour passer par la fenêtre tout en rajoutant des rayures à la pauvre peinture déjà largement abîmée par cette habitude et sauta sur sa banquette. D'un autre bond, il fut sur le siège passager et me fit la fête, il était content de me revoir, c'était vraiment un bon gars mon Léon. Je fermai les vitres et je démarrai, content de retrouver le chemin de la maison.

De retour dans notre appartement, je m'installai devant mon ordinateur et passa un long moment à regarder les vidéos et à consulter les documents que le directeur m'avait donnés. Une fois terminé ce fastidieux travail, je pris mon grand tableau de feuilles blanches et commençai à noter les éléments qui me paraissaient essentiels pour mener à bien cette enquête. Léon s'était assis à côté de moi et comme à son habitude, il regardait sans en perdre une miette ce que j'écrivais. Après l'avoir rempli d'annotations, souligné certaines phrases, relié d'autres avec de grandes flèches pour les associer, je m'assis dans mon fauteuil et contempla mon tableau, satisfait du résultat obtenu.

Léon fixait mes écrits et pencha sa tête d'un air incrédule, on aurait dit qu'il réfléchissait.

— Euh, tu penses que j'ai oublié quelque chose?

Il fixait toujours mon tableau, m'incitant à le regarder de nouveau. Je relus consciencieusement mes notes, et examinai de nouveau mon tableau.

— OK, tu as raison Léon, je ne peux pas écarter l'hypothèse que la coupure électrique a été provoquée par le voleur. Sauf que maintenant il faut que je rajoute la question : quel intérêt avait le voleur de bloquer les portes ?

Je complétai mon tableau de cette nouvelle question.

— Tu es content maintenant ?

Oui, a priori il était satisfait, il regagna son panier pour me signifier qu'il était d'accord et commença l'inspection de tous les replis de son corps sans plus s'occuper de moi.

Chapitre 5

Le lendemain, je décidai de retourner visiter la galerie afin de poursuivre mes investigations et de chercher des réponses aux questions sur les différents points soulevés lors de mon débriefing avec Léon. Ce coup-ci, prévoyant, je n'arrivai qu'en toute fin de matinée.

Dans la galerie, il n'y avait pas l'agitation de la veille et plus aucun policier n'était en faction devant l'entrée.

Je poussai la porte et fus accueilli par une jeune femme souriante, qui me donna un dépliant.

— Voici les œuvres principales exposées et leurs descriptions, dans la galerie de droite vous avez une exposition temporaire sur des objets religieux, malheureusement nous ne pouvons pas vous présenter l'œuvre principale aujourd'hui, mais vous l'avez en photo dans le dépliant et dans la galerie de gauche nous avons une exposition de différents tableaux et sculptures anciennes. Toutes les œuvres présentées sont à vendre. Si vous avez des questions, je suis là pour vous répondre.

Je pris le document et pus voir la photo de la statuette qui avait été volée. Elle était bien en bois sculpté comme indiqué, habillée d'un petit vêtement en tissu ressemblant à un long manteau rouge brodé et coiffée d'une "couronne" en demi-ogive, qui paraissait être en or, parsemée de pierres de différentes couleurs qui devaient être les fameuses pierres précieuses décrites par la sous-directrice.

— Merci, je ne viens pas pour les expositions, je viens voir le directeur.

Elle me regarda d'un air déçu.

— Ah, si c'est pour cela, je vais demander, quel est votre nom ?

— Monsieur Gil Trouver.

Je la suivis et l'on se présenta devant l'agent de sécurité. Il était différent de celui que j'avais vu la veille, celui-là avait l'air épuisé, c'était un grand gars au visage ridé qui le faisait ressembler à un vieillard, ce qu'il n'était certainement pas. Avec ses traits tirés et ses joues creuses, il avait la tête du fêtard qui avait fait la bringue toute la nuit où l'alcool et la fumette récréative devaient être le thème général des festivités. Son teint jaune et son air malade faisaient qu'il était une caricature vivante des méfaits de ce genre d'addiction à montrer dans tous les collèges et lycées de France et de Navarre au plus vite.

Quand il se rendit compte de notre présence, il leva péniblement ses yeux rouges à demi clos vers nous et murmura un « bonjour » à peine audible.

Elle lui donna mon nom, lui demanda d'appeler le directeur et partit rejoindre son poste à l'accueil.

Avec autant d'entrain qu'un aï *(clin d'œil aux cruciverbistes !)* se réveillant difficilement de sa sieste, le vieux noceur prit lentement le combiné téléphonique, appuya nonchalamment du bout de son index décharné sur trois touches, échangea mollement quelques mots avec son interlocuteur puis il se tourna vers moi et me dit :

— Montez, puis après une petite pause, « il… vous … attend … dans… son… bureau. »

— Merci.

Après cet effort surhumain, il reprit difficilement son souffle et tenta de m'expliquer le chemin

— Prenez …

J'étais déjà à l'autre bout du corridor quand j'entendis :

— Le couloir…

Sans même attendre les dernières indications, je montai hâtivement à l'étage de peur que sa flémingite aiguë ne soit contagieuse.

Le directeur, vêtu de son trench-coat et portant sa serviette à la main, m'attendait à l'entrée de son bureau.

— Vous avez de la chance de me trouver là, je m'apprêtais à partir.

Après m'avoir broyé consciencieusement la main en guise de salutation, il me fit entrer et me demanda.

— Alors, vous avez du nouveau ?

— Non pas encore. Je voudrais juste que vous m'autorisiez à circuler librement dans tous les locaux.

— Pas de problème, je préviens le personnel de votre présence dans les locaux. Après quelques coups de fil, « voilà, vous pouvez circuler librement où vous voulez dans le bâtiment, vous désirez autre chose ? »

— Non, merci bien, et je filai directement au sous-sol.

J'inspectai attentivement tout l'escalier et le couloir à la recherche d'éventuelles traces ou indices que je n'aurais pas remarqués la première fois, mais je ne trouvai rien de plus.

Je vérifiai que la porte donnant sur le parking fermait bien, examinai si je voyais des traces d'effraction sur le chambranle, regardai minutieusement autour de la porte pour voir s'il avait des interstices visibles qui auraient permis de l'ouvrir avec un instrument, genre fil de fer ou tige d'acier, mais non, je ne vis rien de tout cela. J'essayai de l'ouvrir en tirant dessus de toutes mes forces, mais elle ne bougeait pas d'un millimètre. J'appuyai sur le bouton d'ouverture électrique, la porte s'ouvrit de quelques centimètres et je finis le mouvement en la tirant vers moi. Une fois grande ouverte et tout en empêchant avec mon pied sa fermeture par le vérin hydraulique, je passai à l'extérieur et salua la caméra pour prévenir ou peut-être réveiller l'agent qui veillait soi-disant à la sécurité des lieux. Ensuite, je fis les mêmes vérifications à l'extérieur que celles que j'avais faites à l'intérieur sur le chambranle et sur la porte, mais là non plus, je ne trouvais rien. De retour à l'intérieur, je ralentis la fermeture de la porte pour la lâcher en laissant juste quelques millimètres avant la fermeture, mais le groom hydraulique était efficace, car elle se ferma sèchement et il était impossible de la rouvrir sans appuyer sur le bouton d'ouverture.

N'ayant rien trouvé, je décidai de retourner au poste de sécurité où je fus surpris de tomber sur un nouvel agent en lieu et place du gardien bambocheur.

Celui-là avait de grands cernes noirs sous les yeux qui le faisaient ressembler à un poisson pas frais.

En espérant qu'il ne soit pas muet comme une carpe, je lui demandai !

— Vous êtes Monsieur Gaby Yaut ?

— Oui c'est moi, comment le savez-vous ?

Je noyai le poisson pour ne pas qu'il prenne la mouche, en le questionnant :

— Votre collègue est parti ?

— Oui, c'est notre heure de remplacement, nous faisons des services de trois heures trente, vous voulez que je le rappelle, il ne doit pas être loin.

— Non pas besoin. On vous a prévenu de ma demande de visiter votre local ?

— Oui, mon collègue m'en a touché deux mots, vous pouvez entrer.

J'entrai dans le petit local où nous étions serrés comme des sardines.

— Merci, c'est bien vous qui étiez de service avant-hier soir ?

— Oui, c'est moi qui étais présent.

— Pouvez-vous me raconter tout ce qui s'est passé après le départ des invités ?

Je le vis réfléchir quelques instants, j'étais tout ouïe en attendant sa réponse !

— Oui, je me souviens bien de cette soirée.

C'est bien, pensai-je, il n'avait pas une mémoire de poisson rouge. Il poursuivit :

— Quelques minutes après le départ des invités, la sous-directrice est sortie à son tour.

— Par l'entrée principale ?

— Oui, par contre, le directeur et l'intendant sont restés un peu plus longtemps. Ils ont rangé et nettoyé le bar. Monsieur Spéré est sorti le premier par la porte du parking du sous-sol en me faisant, comme il en a l'habitude, un signe de la main à travers la caméra du parking. Puis une quinzaine de minutes plus tard, Monsieur Sens est venu me saluer et est lui aussi sorti par la porte du sous-sol.

— Il n'y avait plus personne dans la galerie ?

— Non, tout le monde était sorti.

— Et après que s'est-il passé ?

— Alors que je me dépêchais de ranger mes affaires pour rentrer chez moi car mon service était déjà fini depuis longtemps, il y a eu une coupure de courant. J'ai regardé par les baies vitrées et j'ai vu que dans les autres bâtiments du quartier il y avait encore de la lumière, c'était donc une panne qui venait d'ici. J'ai essayé de remettre l'électricité au disjoncteur général qui se trouve ici, mais il n'y avait rien à faire, il ne voulait pas s'enclencher. J'ai pris une torche électrique et je suis parti chercher la raison de cette coupure, pour cela je suis monté à l'étage. J'ai vérifié en premier le local du photocopieur, car c'est là qu'il a le plus de possibilités d'avoir un court-circuit avec tous les branchements pour les différents appareils de la pièce, mais je n'ai rien trouvé d'anormal. Puis j'ai fait le tour des bureaux sans plus de succès, alors je suis redescendu pour faire le tour des salles d'exposition et je suis allé voir derrière le bar, c'est là que j'ai vu que le mixeur était tombé dans le bac de l'évier plein d'eau, je l'ai sorti puis je suis revenu ici où j'ai pu remettre l'électricité en route.

Je notai tout cela sur mon calepin.

— Combien de temps a duré votre inspection ?

— Le temps que je trouve l'origine de la coupure, cela m'a pris un bon quart d'heure. Mais c'est facile de vérifier, l'ordinateur a dû enregistrer la coupure.

— Avez-vous vérifié dans les salles du rez-de-chaussée pour voir s'il y avait eu une intrusion ?

— Non, puisque personne ne peut s'introduire dans les locaux pendant une coupure électrique.

— Qu'avez-vous fait ensuite ?

— J'ai fini de rassembler mes affaires et j'ai procédé comme d'habitude en téléphonant au commissariat pour les prévenir du basculement des alarmes chez eux et je suis parti.

— Vous n'avez pas appelé le directeur pour l'informer de la panne ?

— Non, j'en avais trouvé la cause et cela ne me semblait pas assez important pour le déranger, je l'ai quand même noté dans le cahier des évènements.

— Par quelle porte êtes-vous sorti ?

— Je suis sorti par l'entrée principale, j'ai fait vite car nous n'avons que cinq minutes de battement après avoir basculé les alarmes au commissariat.

— Un invité aurait pu rester après la réception et se cacher dans la galerie ?

— Non, je les ai contrôlés à l'entrée avec leur carton d'invitation en cochant chaque invité sur la liste que m'avait donnée la sous-directrice. J'ai fait de même quand ils sont sortis, c'est pourquoi je suis sûr que tous les invités étaient sortis.

— C'est noté merci, vous pouvez me présenter le fonctionnement du système de sécurité de la galerie maintenant.

— Oui, regardez.

Il me montra devant lui, un pupitre avec des voyants lumineux.

— Vous voyez, les voyants sont ceux qui contrôlent la sécurité des vitrines d'exposition et les tableaux accrochés aux murs, ils nous indiquent si une vitrine est ouverte ou si un des tableaux est décroché. Les plus gros en dessous sont reliés à chaque porte et fenêtre de la galerie et nous indiquent si elles sont ouvertes ou fermées.

Tout était bien répertorié, chaque voyant avait un numéro qui correspondait à un endroit défini sur un plan de la galerie accroché juste au-dessus. Les voyants de la porte donnant sur le parking et les fenêtres des bureaux de l'étage étaient allumés en vert, seul celui de la porte principale était éteint. Il avait suivi mon regard et répondit avant même que je lui pose la question.

— Nous débranchons l'alarme de celui de la porte principale pendant les heures d'ouverture de la galerie au public et désactivons la serrure électrique.

Il devait me prendre pour un "teubé" *(encore ce langage de "djeun" si agréable à l'écoute)*, car il continua sur sa lancée.

— Quand une porte ou une fenêtre s'ouvre, le voyant devient rouge et une alarme nous avertit. Au même moment, une fenêtre d'un bureau venait de s'ouvrir et une sonnerie retentit. « Regardez, c'est la fenêtre du premier bureau qui vient de s'allumer » et il continua à m'indiquer l'ennuyeuse, la fastidieuse, l'endormante, l'assommante, la soporifique *(rayez les mots inutiles)* litanie des attributions de chaque voyant et bouton !

Pour finir, il me présenta son grand écran vidéo accroché au mur. Il était divisé en trois et sur chaque partie, il y avait l'image de ce que renvoyait chacune des caméras situées sur les façades de l'immeuble et du parking. Je le remerciai chaleureusement, heureux que notre entrevue ne se soit pas finie en queue de poisson.

— Merci bien de toutes ces explications.

Je m'apprêtai à sortir du ~~bocal~~ local, mais je stoppai net. Sur le grand écran recevant les images des trois caméras, mon regard avait été attiré par celle donnant sur la façade de la rue descendant vers l'entrée du parking. Sur l'image, je reconnus Madame Ernarte, qui était en grande conversation avec un individu complètement différent de son style. C'était un grand bonhomme tout maigre habillé en mode rétro, façon "hippie", avec de grands cheveux tenus par un bandeau multicolore et de petites lunettes rondes aux verres bleutés à la "John Lennon".

Malgré le froid, sur un débardeur décoloré, il ne portait qu'un gilet grisâtre qui avait été assurément tricoté avec les doigts tellement il était difforme *(Voir la scène du gilet offert à Pierre par Thérèse dans le film culte : "Le père Noël est une ordure", pour vous donner une idée)* et ce gilet sans manches qu'il portait avec l'élégance que vous pouvez imaginer laissait voir ses bras maigrelets recouverts de tatouages. Pour compléter l'uniforme du "non-conformiste nostalgique du passé", il portait un pantalon à fleurs "pattes d'eph" et des bottines à talons compensés.

Le contraste était saisissant entre cette femme habillée de façon stricte et ce gars, complètement "baba cool". Ils parlèrent un bon moment de façon amicale et à la fin de la conversation se firent la bise. La caricature du beatnik redescendit la rue, tandis que la sous-directrice la remontait en direction de la galerie.

J'étais encore dans le poste de sécurité quand elle entra dans la galerie. Je vis dans son regard l'étonnement de me voir derrière la vitre avec l'agent de sécurité. Je lui fis un sourire amical et sortis la rejoindre.

— Bonjour Madame Ernarte, Monsieur Sens m'a autorisé à visiter seul la galerie, j'ai commencé par le poste de sécurité et …

— Bonjour, Monsieur Trouver, vous y êtes depuis longtemps ? m'interrompit-elle.

— Euh … Oui, l'agent m'a présenté tout le système de sécurité et les écrans des caméras de surveillance.

Elle eut l'air contrarié.

— Bon très bien, je vous laisse finir votre visite, j'ai du travail et elle prit à grandes enjambées le grand couloir pour rejoindre son bureau.

Elle n'aimait pas être vue en curieuse compagnie, pensai-je. Un peu étonné quand même de son comportement, je me retournai vers le flétan de garde.

— On dirait qu'elle est dans un mauvais jour, cela lui arrive souvent ?

— Pff, elle est toujours comme cela, me dit-il avec un clignement d'un de ses yeux vitreux de poisson mal décongelé.

— Elle rencontre souvent l'homme que nous avons vu sur l'écran ?

— Je ne sais pas, je ne fais pas attention à ce qui se passe sur les écrans sauf en cas d'alarme.

— Bon, au revoir et encore merci pour la description des systèmes de sécurité, je vais continuer ma visite.

Je courus derrière la sous-directrice en l'appelant.

— Mme Ernarte !

Elle se retourna.

— Oui, dit-elle d'un ton excédé.

— Pouvez-vous me montrer comment vous ouvrez le coffre, s'il vous plaît.

Elle regarda sa montre.

— Pas maintenant, je dois partir, j'ai un rendez-vous très important.

— Mais cela ne prendra que cinq minutes !

— Bien, alors faisons vite, et d'un pas rapide elle se dirigea vers le local où était situé le coffre.

Arrivée devant, elle tapa un code à cinq chiffres sur le clavier et la porte du coffre s'ouvrit. Je jetai un coup d'œil à l'intérieur.

— Il n'y a rien dedans ?

— Non, en pleine journée c'est rare que nous ayons quelque chose au coffre puisque les œuvres sont exposées dans les vitrines. De toute façon, nous n'y gardons que les petits objets de forte valeur et après le vol de la statuette nous n'en avons malheureusement plus. Les œuvres les plus chères que nous ayons en vente sont des tableaux qui sont bien trop grands pour la taille de ce coffre.

Je regardai attentivement la porte du coffre et remarquai que la plaque métallique comportant le nom du fabricant était pivotante et qu'elle cachait un trou de serrure.

— Regardez, il y a une serrure pour une clé de secours, vous savez qui l'a ?

Elle regarda avec étonnement l'endroit que je lui indiquai.

— Incroyable, je n'avais pas remarqué que cette plaque pouvait pivoter et je ne sais pas qui pourrait avoir cette clé. Demandez à monsieur Sens, c'est lui qui a fait installer ce coffre, il pourra certainement vous renseigner.

Je repris mon inspection mais la serrure derrière la plaque pivotante n'avait, comme la porte elle-même, aucune rayure ou trace pouvant indiquer que ce coffre avait été forcé.

— Le coffre est intact, le voleur l'a assurément ouvert avec le code ou avec la clé. Pour le code, vous êtes toujours seule dans cette pièce quand vous l'utilisez, la personne qui fait le ménage aurait pu être présente un de ces derniers jours ?

— Non, quand j'ouvre le coffre le matin, Monsieur Kole est déjà dans les salles d'exposition à faire le nettoyage et le soir quand j'y place les objets, il a déjà quitté la galerie et avec impatience « C'est bon, je peux refermer le coffre ? L'heure tourne et j'ai mon rendez-vous à honorer. »

— Oui, c'est bon, merci encore, je vais aller voir Monsieur Sens pour cette histoire de clé, le coffre pourrait avoir été ouvert avec, cela fait une nouvelle piste à suivre pour mon enquête.

— Ce n'est pas la peine de monter à son bureau, il doit être parti maintenant, il avait un rendez-vous à l'extérieur.

— Ah oui c'est exact, il était sur le point de partir quand je lui ai parlé. Bon, je vais alors continuer mon inspection à cet étage. Merci.

Je pris la direction du coin-bar et cherchai tout autour de l'évier et du comptoir le pied manquant du mixeur, qui aurait pu, comme me l'avait suggéré l'enquêteur des assurances, se détacher lors de sa chute, mais je ne trouvai rien. Ensuite, j'inspectai minutieusement le lave-vaisselle, il était vieux avec quelques parties rouillées, mais apparemment il fonctionnait toujours. Je lançai le programme "lavage" en positionnant le mixeur près du bord espérant déterminer la durée entre le lancement du lavage et la chute de l'appareil dans l'évier. Pendant le temps du démarrage du programme, je regardai dans chaque placard, tiroir et rangement ce qui s'y trouvait et ouvris le réfrigérateur et son compartiment freezer pour inspecter l'intérieur. Mis à part une boîte à bento, un coca light et le bac à glaçons, il n'y avait rien d'autre. En regardant machinalement par une des grandes baies vitrées donnant sur la rue, je vis Maud Ernarte passer et s'arrêter à l'arrêt de bus situé devant la galerie. J'arrêtai le fonctionnement du lave-vaisselle, fermai tous les placards et courus à l'entrée pour questionner le hareng rance.

— Madame Ernarte est sortie ? Je croyais qu'elle avait un rendez-vous cet après-midi ?

— Je ne suis pas au courant de l'agenda de Madame Ernarte.

— Mais vous savez si elle revient cette après-midi ?

— En passant, elle m'a dit qu'elle ne revenait pas aujourd'hui, mais qu'elle serait là demain matin.

J'étais décidément intrigué par les agissements de la sous-directrice. Cela me semblait étrange tout de même, cette rencontre de tout à l'heure avec le hippie et ce rendez-vous en dehors de la galerie. Cela m'intrigua et je décidai de la suivre en remettant l'inspection du bar au lendemain.

Chapitre 6

Je sortis hâtivement de la galerie et passai derrière l'abribus pour ne pas être vu par l'intrigante. Un autobus arriva et un regard au-dessus de mon épaule m'apprit qu'elle montait dedans. Je me mis à courir pour retrouver ma voiture que j'avais garée derrière le bâtiment. Heureusement Léon était dedans, je n'avais pas à l'attendre cette fois. Comme il dormait complètement affalé à la place du conducteur, je l'éjectai sans ménagement sur le siège passager. Après un grognement de mécontentement, il rejoignit la banquette arrière et se mit en boule pour reprendre son activité principale. Je pris place sur mon siège tout chaud et démarrai en trombe. Il ne me fallut pas beaucoup de temps pour rattraper le bus que je suivis à bonne distance. À chaque arrêt, le temps que les passagers montent et descendent, je m'arrêtai rapidement où je pouvais et j'attendais le redémarrage du bus, sous les coups de klaxon et les invectives des conducteurs que je bloquais derrière moi.

Enfin, à une station, je la vis descendre de l'autocar et elle s'éloigna d'un pas rapide et décidé vers sa destination. Je continuai à la suivre à distance en adaptant ma vitesse à celle de sa marche sans qu'elle ne s'en aperçoive. Cela ne dura pas, car quelques dizaines de mètres plus loin, elle entra dans un immeuble. Je me garai sur la seule place libre de la rue, qui, bien qu'éloignée de l'entrée, m'offrait une vue suffisante sur la porte de l'immeuble. Je pris la liste des adresses des employés de la galerie que m'avait donnée le directeur et me rendis compte qu'elle était tout simplement rentrée chez elle.

J'hésitai sur la conduite à tenir, retourner à la galerie finir mon inspection du bar ou alors rester et voir si elle ressortait ? Elle avait parlé d'un rendez-vous important mais elle pouvait être rentrée chez elle pour attendre le plombier par exemple, et poireauter pour rien ne m'enchantait guère. D'un autre côté, si elle ressortait pour se rendre à son rendez-vous à l'extérieur, ça pourrait être intéressant de la suivre.

J'étais face à un dilemme et je me retournai vers mon compère poilu.

— Tu en penses quoi Léon, je reste ou je pars ?

J'avais peur qu'il ne me fît encore la tête pour le coup de tout à l'heure. Mais non, il se leva, s'étira en accompagnant le mouvement d'un énorme bâillement, sauta sur le siège passager, s'assit et regarda par le pare-brise en direction de l'immeuble. Le message était clair, je décidai donc de rester pour guetter la porte d'entrée en espérant qu'il n'ait pas fait le mauvais choix.

Après *(liste non exhaustive)* un vieillard bossu et clopinant, genre "quasimodo", une mère de famille poussant un landau avec dedans une pieuvre hurlante qui projetait ses bras et jambes en l'air, un groupe d'ados amateurs du style punk, habillés tout en noir avec piercings fichés un peu partout, cheveux orange avec crête d'iroquois, bardés de tatouages sur les bras et même pour certains sur le visage, je vis sortir de l'immeuble une grande femme brune à la jolie silhouette, revêtue d'une mini robe collante mettant en valeur sa poitrine et ses grandes jambes.

Puisqu'il fallait bien que je passe mon temps en attendant qu'éventuellement la vieille fille veuille bien sortir de son antre, je pris le temps de la suivre du regard et après le défilé carnavalesque que je venais de subir, c'était un plaisir de la regarder.

Elle était perchée sur de très hauts talons et portait un gros sac de sport dissonant avec sa tenue très féminine. De là où j'étais, je ne distinguais pas ses traits mais je voyais bien son maquillage extravagant. Son teint blanc faisait ressortir ses lèvres barbouillées d'un rouge écarlate et accentuait le noir de ses paupières, ce qui la faisait ressembler à un mérou de mascarade. *(Je fais beaucoup dans le poisson dans cette aventure, vous ne trouvez pas !)*

Elle s'avança au bord du trottoir et regarda plusieurs fois de chaque côté de la rue, on aurait dit qu'elle attendait quelqu'un. Rien qu'à la voir habillée avec juste sa petite robe sans manteau, je frissonnai pour elle car elle ne devait pas avoir bien chaud dans ce froid d'automne. Heureusement pour sa santé, l'attente fut de courte durée. Une 308 Peugeot arriva et klaxonna, la jolie brune regarda en direction de la voiture. Elle fit un large sourire accompagné d'un signe de la main vers les occupants et s'avança vers le véhicule qui s'était garé sur une place "livraison" pas très loin derrière moi. Sa démarche était hésitante, marcher avec des talons hauts avec un gros sac de sports n'avait pas l'air facile mais cela faisait onduler ses hanches de manière suggestive et je la regardai passer sur le trottoir pour rejoindre la voiture qui venait la chercher. Elle passa à côté de moi et je pus la contempler de plus près. Ses grandes jambes étaient fines et musclées, ses hanches ondulantes at tiraient le regard, sa poitrine bien en avant ne pouvait laisser personne indifférent, son visage entouré de ses grands cheveux bruns me faisait penser à quelqu'un...Incroyable, je reconnus sous l'exubérant maquillage, Maud Ernarte !

Je la regardai à deux fois. Mais oui, pas de doute, c'était bien elle, heureusement qu'elle était passée

tout près de moi, sinon je ne l'aurais jamais recon-
nue. Sans ses vêtements d'un autre temps, ses
grosses lunettes hublotiques, remplacées avantageu-
sement par des lentilles de contact, elle était méconn-
naissable. Je la suivis du regard dans mon rétrovi-
seur, une portière s'ouvrit à l'arrière et elle s'engouf-
fra dans la Peugeot qui démarra aussitôt. Je mis du
temps à sortir de ma place mais après quelques manœuvres osées, je la rattrapai dans la circulation et
me positionnai derrière elle.

Il y avait cinq personnes à bord qui gesticulaient,
braillaient et riaient tellement fort que j'arrivai à les
entendre. Il y avait une sacrée ambiance dans l'auto,
bien loin de ce que je m'imaginais de la vie de Mme
Ernarte. Après quelques minutes de route, nous
étions arrivés dans les rues étroites du centre-ville.
Nous avancions entre deux rangées de voitures ga-
rées pare-chocs contre pare-chocs, une place se li-
béra devant nous et la 308 s'y gara. C'était à mon
tour de trouver une place, mais c'était "mission impossible" dans ce quartier. Après avoir cherché en

vain, je me résolus à me garer sur un bateau devant une porte d'immeuble *(je sais, ce n'est pas bien !)*. Je laissai mon Léon dans la voiture en lui ouvrant, comme d'habitude une fenêtre en grand. Il leva une paupière et, rassuré sur la possibilité de sortir quand il le voulait, s'installa encore plus confortablement, me signifiant son indifférence quant à mes occupations.

Je remontai dare-dare la rue et repérai ceux que je cherchais juste devant moi sur le trottoir. Je ralentis le pas pour les suivre discrètement de loin. Ils étaient bien cinq, quatre filles et l'homme facilement reconnaissable grâce à sa tenue "hippiesque" que j'avais vu parler avec Maud, qui lui portait galamment son grand sac de sport. On marcha un bon moment avant qu'ils n'entrent dans un bâtiment.

C'était un vieux théâtre, j'y entrai derrière eux, mais je fus intercepté par un gaillard de près de deux mètres avec des bras plus gros que mes cuisses.

— Eh ! qui êtes-vous, et où allez-vous comme ça ?

Devant l'air peu avenant du colosse, je m'arrêtai et me sentis obligé de répondre.

— Ne vous inquiétez pas, je suis avec ceux qui viennent d'entrer, je me dépêche car il ne faut pas que je les fasse attendre.

Il me regarda d'un air méfiant.

— Je ne vous ai jamais vu, quel est le nom de votre troupe ?

— Euh …

Devant mon hésitation, il fronça les sourcils et sans même me laisser plus de temps pour inventer une réponse, il s'approcha de moi et me toisa.

— Il est temps pour toi de déguerpir, ne crois-tu pas ?

J'hésitai, mais pas trop longtemps, car quand la copie conforme de Dwayne Johnson vous demande de partir au plus vite, eh bien, croyez-moi, vous le faites en courant. Je rebroussai chemin, fis les quelques mètres jusqu'au carrefour suivi du regard par le grand costaud qui s'était mis au milieu du trottoir les bras croisés et pour échapper rapidement à sa vue, je tournai au coin du bâtiment.

Je ne savais plus quoi faire, cela ne m'arrangeait pas d'avoir été bloqué par la grande brute, j'aurais bien aimé connaître le secret de la sous-directrice et découvrir ce qu'elle avait dans ce grand sac. Alors que j'hésitai sur ce que je pouvais faire, je vis qu'une porte de l'immeuble jouxtant le théâtre se refermait doucement après la sortie d'un quidam. Je courus le plus vite possible et réussis à empêcher la fermeture pour entrer dans le bâtiment. Je traversai le porche et comme je l'espérai, je débouchai dans une grande cour qui était commune aux deux bâtiments.

Sur la façade arrière du théâtre, il y avait une grande porte de bois, j'essayai de l'ouvrir mais elle était fermée. Par contre il y avait un soupirail avec sa fenêtre entrouverte. Après avoir vérifié que personne ne me regardait des étages supérieurs, je l'ouvris en grand pour me glisser dans l'ouverture. Même mon ventre rebondi parvint après quelques contorsions à passer et j'atterris brutalement sur un sol cimenté dans ce qui ressemblait à un couloir d'un sous-sol.

Je longeai le corridor et trouvai facilement un escalier qui m'amena au rez-de-chaussée mais je choisis de continuer et monter plusieurs étages espérant éviter le "Musclor" de l'entrée.

J'entendis un air très connu dont le titre m'échappait. Taaa tatatatata ta tatatatata ta tatatatata tatatataaaa *(cela ne vous dit rien ? ...allez, faites un petit effort... non, toujours pas !!! alors, continuez la lecture)*

Après un long moment de réflexion, le titre me revint en mémoire, c'était la musique du French cancan d'Offenbach ! *(Avouez que c'était bien retranscrit).* Je me dirigeai au son et débouchai dans un couloir circulaire. J'ouvris une des nombreuses portes et arrivai dans une loge en balcon d'où l'on voyait parfaitement la scène. Un groupe de danseuses habillées de la traditionnelle robe à jupons du "French cancan" dansait en levant haut les jambes révélant leurs dessous. Au piano, je reconnus le grand maigre nostalgique des sixties qui cachait difficilement ses grands cheveux sous son canotier, je le regardai un moment. Le hippie se débrouillait vraiment bien à jouer de son instrument, ses doigts parcouraient énergiquement le clavier, imposant un rythme endiablé aux danseuses qui toutes dents dehors avaient l'air d'apprécier l'exercice.

Parmi les danseuses, je reconnus la sous-directrice, un sourire éclairait son visage, elle était radieuse. Envolé l'oiseau sombre qui arpente la galerie d'art jour après jour, bienvenue à la jeune femme bien dans sa peau et heureuse d'être avec ses amis dans cette exubérante envolée de jupons, j'en avais les larmes aux yeux *(vous connaissez ma sensibilité !)*. La musique entraînante d'Offenbach me fit oublier que j'étais ici sans y être invité et je ne me rendis pas compte que j'accompagnais la musique d'un pétulant "laaa, lalalalala, la lalalalala la ... ". Mais, un mouvement parmi les fauteuils en dessous de moi attira mon regard et me fit déchanter, je compris que mon accompagnement verbal de cette mélodie entraînante était entendu d'en bas. Le grand gardien baraqué me regardait avec des yeux menaçants, je compris le message et je sortis précipitamment de la loge, repris le couloir en courant et me jetai dans les escaliers pour rejoindre le sous-sol et le soupirail libérateur. La vue de "Muscleman" qui m'attendait en bas des escaliers m'arrêta net, je fis demi-tour et les remontai en courant, pris de nouveau à toute vitesse le couloir et m'élançai dans la volée de marches suivantes. Je les descendis quatre à quatre jusqu'au rez-de-chaussée, mais le gros balèze arriva en même temps et se mit devant moi rendant impossible l'accès vers le sous-sol. Je pris aussi vite que possible le large corridor qui s'offrait à ma droite et recommença à courir. J'entendais derrière moi les pas lourds de l'armoire à glace mais malgré mon souffle court, je poursuivis ma folle échappée. Arrivé à une grande porte, j'actionnai fébrilement sa poignée et d'un coup d'épaule je tentais de l'ouvrir, dommage pour moi, elle était fermée à clé, j'étais pris au piège.

Je me retournai, dos à la porte, faisant face au danger. L'athlétique gaillard arriva nonchalamment et s'arrêta au beau milieu du couloir, barrant la seule issue que j'avais. Il croisa les bras et me fit un grand sourire carnassier. Il était vraiment imposant, sa carrure d'haltérophile avec ses biceps de plus de cinquante centimètres et ses larges pectoraux saillants qu'il faisait jouer sous sa chemise tendue m'impressionnaient, j'avais réellement la pétoche.

Je pris sur moi et après avoir pris une grande bouffée d'air, je tentai l'impossible. Je fonçai sur sa droite, c'était une feinte, dès qu'il amorça le mouvement pour me bloquer, d'un pas chassé digne des petits rats de l'opéra, j'essayai de me faufiler sur sa gauche, mais le bougre était hyper rapide et il m'attrapa par le col avant même que je réussisse à le passer. Je me débattis mais il se plaça derrière moi et m'entoura le cou de son énorme bras.

Il me souleva jusqu'à ce que mes pieds ne touchent plus le sol et commença à serrer jusqu'à bloquer ma respiration. Ma vue se brouilla, je battis l'air avec mes jambes et mes bras, essayant vainement de me libérer de ses énormes biceps, mais la prise se resserrait de plus en plus … (*Vous aussi vous attendez l'arrivée de Léon pour me sortir de cette situation ? Il n'y a pas de raison de changer les bonnes vieilles habitudes, c'est comme cela, à chaque aventure il me sauve dès que je suis en difficulté*) Un voile noir obscurcit ma vue, mes jambes et bras devinrent tous mous *(Euh … là, il faudrait qu'il arrive assez vite, je ne me sens pas très bien)* puis … Plus rien… Le trou noir… Le néant.

Deux énormes claques me réveillèrent. Je n'étais pas mort, c'était la bonne nouvelle ! La mauvaise, c'est que j'avais devant moi un policier moustachu… En fait non, en réalité, ils étaient deux, mais absolument identiques. Au début, j'avais cru que ma vision était perturbée et que je voyais double à cause du manque d'oxygène dû à l'étranglement que m'avait méchamment prodigué la grosse brute, mais non, c'était bien des jumeaux, c'était les Dupont et Dupond de la police municipale, tout en rondeur avec de grosses moustaches. Par "mille millions de mille sabords", je m'attendais même à voir Tintin, Milou et le capitaine Haddock entrer.

L'un d'eux me dit, avec un sourire goguenard.

— Alors mon gars, on vient voir les danseuses de près !

Je repris petit à petit mes esprits, j'étais dans un bureau du rez-de-chaussée et la montagne de muscles, qui se tenait maintenant dans un coin de la pièce les bras croisés et le dos au mur, m'avait attaché solidement à une chaise.

— Non, je ne suis pas venu pour ça. Je suis détective privé, vous pouvez vérifier, j'ai ma carte professionnelle qui se trouve dans mon portefeuille dans la poche de mon blouson, je suis ici dans le cadre d'une enquête.

Il fouilla dans la poche intérieure du vêtement, ouvrit mon portefeuille, regarda ma carte et mes papiers d'identité, puis les passa à son double moustachu.

— Détective privé, d'accord, me fait l'autre Dupond à bacchantes « mais cela ne vous autorise pas à entrer par effraction dans des locaux privés »

— Oui je sais, mais c'était une urgence, je suis sur une importante enquête qui m'a conduit jusqu'ici. Pouvez-vous contacter l'inspecteur Paul Hicier du commissariat du centre-ville, je le connais bien, nous sommes sur la même affaire, il vous expliquera.

Il enleva son képi et se gratta la tête.

— Mais, c'est la police nationale et nous, nous sommes de la police municipale, cela m'ennuie de le déranger.

Il hésitait, passait d'un pied sur l'autre tout en se lissant la moustache. Le fait d'avoir impliqué la police nationale avait l'air de lui poser un réel problème et il ne savait pas quoi faire pour se sortir de cette impasse. Son double velu restait à l'écart tout aussi hésitant et accompagnait l'autre en accomplissant la même danse et le même lissage de moustache.

Comme Hergé aurait pu le dessiner avec une ampoule s'éclairant au-dessus de sa tête, le regard de mon interlocuteur s'illumina, je me dis qu'il avait trouvé la solution qui était simple pour tout le monde, à savoir me libérer et se quitter bons amis. Malheureusement, ce n'était pas sa solution, il me dit tout content des résultats de son intense réflexion.

— Je vais contacter notre chef pour lui demander conseil. Ne bougez pas, on revient.

Ficelé comme je l'étais sur mon siège, c'est sûr que je n'allais pas aller bien loin. Je lui dis ironiquement :

— D'accord, je ne bouge pas !

Content de ma réponse, le duo pileux sortit de la pièce.

C'était rageant comme situation, mais je ne pouvais rien n'y faire. Le fort en muscles vint vers moi avec un sourire avenant.

— Excusez-moi pour l'étranglement, mais il faut me comprendre, il fallait bien que je vous maîtrise, je pensais que vous étiez un voleur. Voulez-vous un verre d'eau ?

— Oui, ce n'est pas de refus, j'ai la gorge bien sèche après le traitement que vous m'avez infligé.

Il alla dans une pièce voisine et revint avec un verre d'eau qu'il posa sur la table.

— Je vais vous détacher, je ne pense pas que vous allez chercher à vous enfuir, me dit-il en rigolant et il joignit le geste à la parole en enlevant le lien qui m'entravait. « Il fallait me le dire que vous étiez ici pour une enquête. »

Tout en me massant les poignets endoloris par la corde attachée serrée qui m'avait laissé des traces.

— Si je vous avais dit que j'étais détective privé, vous m'auriez laissé entrer sans poser de questions ?

Il hésita et finit par me dire.

— Vous avez raison, je ne vous aurais jamais laissé entrer sans explications.

Je bus mon verre d'eau, avant de poursuivre.

— Vous voyez, comme vous m'avez interdit de passer, je n'avais pas d'autre solution que d'entrer par effraction.

— Je comprends, mais cela doit être important si la police nationale est sur la même affaire.

— Oui, pour tout vous dire, nous enquêtons sur le vol de la statuette qui a eu lieu dans la galerie d'art du centre-ville.

— Ah oui ! j'ai lu l'information ce matin dans le journal et toute la ville en parle, mais quel est le rapport avec cette troupe ?

— Il y a un des membres qui travaille dans cette galerie et je fais une enquête de routine sur cette personne pour connaître ses fréquentations. Maintenant que vous connaissez la situation, vous pouvez peut-être me donner des informations sur eux.

— Oui, je veux bien vous aider, mais vous renseigner sur cette troupe va être difficile, je ne les connais pas très bien.

— Je voudrais savoir si cela fait longtemps qu'ils viennent dans ce théâtre, si ce sont toujours les mêmes qui composent ce groupe et ce qu'ils y préparent ?

— Oh oui, cela fait des années qu'ils viennent ici et ce sont toujours les cinq mêmes personnes que j'ai vues au fil du temps. Ils font partie d'un divertissement organisé tous les ans par la mairie au profit de la Croix Rouge. Et chaque année, ils préparent et répètent leur nouveau spectacle avant la représentation et aujourd'hui, avec leurs habits de scène, ils réglaient le son et les lumières avec les techniciens, car l'avant-première a lieu dans quelques semaines.

— Merci pour ces explications. Il ne faudra surtout pas leur parler de ce qui vient de se passer pour ne pas interférer dans l'enquête de police.

— D'accord, ne vous inquiétez pas, je ne leur dirai pas un mot, vous pouvez compter sur moi.

— Merci.

Dupond ou Dupont, j'hésitai toujours, revint dans la pièce.

— J'ai eu mon chef, qui a contacté l'inspecteur Hicier, il a confirmé qu'il vous connaît et comme il n'est pas loin, il arrive.

De mieux en mieux, pensai-je, quelle épopée, je me fais attraper et ficeler par un vigile étrangleur, je suis livré à la police municipale qui me baffe sans ménagement et maintenant je vais être obligé de me justifier auprès de l'inspecteur Hicier, quelle journée de m… *(oui, de temps en temps cela fait du bien !)*

L'inspecteur devait être très près car il arriva quelques minutes plus tard avec un grand sourire narquois.

— Alors on se fait prendre par la patrouille ! Allez, dites-moi pourquoi êtes vous ici et quel rapport avec notre enquête ?

— Bon d'accord, je vous explique tout. J'ai vu sortir la sous-directrice de chez elle avec un gros sac de sport et ça m'a intrigué, alors je l'ai suivie et elle est entrée dans ce théâtre avec. Il fallait bien que j'y

entre aussi si je voulais connaître la raison pour laquelle elle était venue ici et savoir ce qu'il y avait
dans ce sac.

— Oui, je comprends, alors il y avait quoi dedans et que faisait-elle ici ?

— Malheureusement, rien d'intéressant pour
notre enquête, ce ne sont que les costumes de scène
de toutes les danseuses et du pianiste de la troupe. Ils
préparent un spectacle de French cancan qui doit
être joué ici dans quelques semaines.

— Trop drôle, mais je vous l'avais bien dit que
cela ne pouvait pas être elle ! Quoique cette histoire
de "French cancan" est étonnante, je ne la voyais pas
dans ce genre de spectacle. De toute façon, vous
connaissiez mon sentiment, c'est l'intendant qui a
fait le coup !

— Si vous êtes sûr de sa culpabilité, pourquoi ne
l'arrêtez-vous pas pour l'interroger ?

— Je ne peux pas, je n'ai pas encore trouvé de
preuve matérielle et nous ne savons toujours pas

comment il aurait pu entrer et ressortir dans la galerie. Vous n'auriez pas une idée pour répondre à cette question ?

— Non, pas pour le moment.

— Dommage, mais dès que vous avez l'embryon d'une ébauche d'un début de commencement d'une solution à cette énigme, il faut m'appeler, d'accord ? *(On sent bien le gars qui a besoin d'un coup de main !)*

— Oui, bien sûr, vous pouvez compter sur moi. Je profite de cette rencontre pour vous demander si vous pouvez m'envoyer une copie de toutes les photos de la galerie qui ont été prises par vos agents quand ils sont arrivés sur place pour les premières constatations, j'ai pris les miennes, mais bien plus tard et je voudrais faire une comparaison.

Il hésita un peu.

— Ce n'est pas très réglementaire votre demande, mais bon c'est OK, je vous les envoie sur votre courriel.

— Merci d'avance et en me levant de mon siège « Avec la police municipale et le théâtre, je n'aurai pas d'embrouille ? »

— Non, ne vous inquiétez pas, je vais arranger cela avec eux, je vous dois bien cela après votre coup de main de la dernière fois *(à lire rapidement "la fourchette à gâteux")*, mais avec les photos que je vais vous faire envoyer, nous sommes quittes, n'est-ce pas ?

— Oui bien sûr. Maintenant je peux partir ?

— Oui, vous pouvez y aller.

— Merci !

Et je sortis du théâtre, furieux de cette mésaventure.

Après avoir parcouru les rues aux alentours en long, en large et en travers pour retrouver ma voiture, il fallut faire face à l'évidence, elle avait disparu. J'arrivai quand même à retrouver le portail devant lequel je l'avais garée de manière non autorisée, et je me doutai bien qui avait pu l'enlever et la contravention qui allait en découler. Il y a des jours comme cela où les ennuis s'accumulent *(les emmerdes, ça vole toujours en escadrilles – Jacques Chirac).* Je sifflai fort pour appeler Léon, j'espérai qu'il avait eu la présence d'esprit de sortir de la voiture avant qu'elle soit enlevée par la fourrière. Je fus vite rassuré, moins d'une minute plus tard je le vis déboucher au coin de la rue et revenir calmement vers moi en marchant comme si de rien n'était, tout en reniflant toutes les roues de voitures et poteaux qu'il trouvait en chemin.

Je demandai à un passant où était la fourrière. Pas de chance, elle était située à la sortie de la ville dans un quartier assez éloigné, alors je décidai de prendre les transports en commun. Sur un poteau d'arrêt de bus, je trouvai celui à prendre pour nous y rendre. En attendant l'arrivée du bus, je me remémorai ce début de journée. Ça avait bien commencé, mais pris ensuite une tournure désagréable et je n'avais pas appris grand-chose en fin de compte, ce qui me désolait.

Le bus arriva, je montai avec Léon pour prendre un ticket, quand le chauffeur me montra du doigt le panonceau indiquant "Interdit aux chiens"... La galère se prolongeait. Comme il n'y avait pas de taxi en vue, on partit courageusement à pied pour les quelques kilomètres qui nous séparaient de l'endroit où récupérer notre chère voiture. Heureusement qu'en pressant le pas, nous y arrivâmes avant la fermeture.

Cent soixante-dix euros plus tard, nous reprenions la route. Moi, appréciant de me retrouver assis après cette longue marche et Léon savourant sa banquette arrière qui lui avait tant manqué. Pendant ce long parcours pédestre, j'avais eu le temps de consulter le plan de la ville et je décidai avant de retrouver notre "home sweet home" d'aller rendre visite à José Spéré qui habitait dans ce quartier. J'avais encore quelques questions importantes à lui poser et je voulais finir cette journée sur une note plus positive.

Chapitre 7

La nuit était déjà tombée quand je me garais dans la rue où habitait l'intendant. Après avoir de nouveau laissé mon Léon dans la voiture avec une fenêtre ouverte *(vous connaissez notre rituel)*, je parcourus le trottoir jusqu'à trouver le bon numéro. C'était un vieil immeuble en attente de réfection qui était ceinturé d'échafaudages en cours d'assemblage. Alors que je m'apprêtais à regarder la liste des habitants sur la platine d'appel, j'entendis une conversation entre plusieurs personnes et reconnus la voix de José Spéré. Je m'éloignai et me mis dans l'ombre de la porte de l'immeuble d'à côté.

Les voix se rapprochèrent et grâce à la lumière d'un réverbère, je le vis, accompagné de deux gars plus jeunes. Il y avait un grand maigre brun avec des moustaches en guidon de vélo mais celui qui retint le plus mon attention était un petit gars rondouillard qui avait choisi le mode "caillera" à l'américaine : Casquette vissée à l'envers sur sa tête, blouson de football américain noir à manches blanches floqué de gros numéros, blue-jeans trois fois trop grand qu'il portait à la mode "sagging" des rappeurs made in USA c'est-à-dire sous les fesses, laissant voir son caleçon. Pantalon dont il tenait fermement la ceinture d'une main de peur de le retrouver au bas de ses jambes et d'avoir le postérieur à l'air. Il était chaussé de baskets, taille "Shaquille O'Neal" non lacées.

Pour un gars d'un mètre soixante à tout casser, cela lui donnait une démarche chaloupée des plus risibles. Ils parlaient entre eux en espagnol et comme je ne connais que "no hablo Español" dans cette langue, j'étais à la peine pour comprendre leur conversation. Ils s'arrêtèrent devant la porte de l'immeuble, l'intendant fouilla dans sa poche, sortit un trousseau de clés et ouvrit la porte par laquelle ils disparurent tous les trois. Ni une ni deux *(ni trois d'ailleurs),* je me précipitai pour retenir la porte avant qu'elle ne se ferme. D'une course rapide et élégante, telle une gazelle des savanes africaines, je fus en un éclair devant la porte et la poussa doucement, enfin j'essayai, car malgré la rapidité d'exécution dont vous avez été témoins, j'étais arrivé trop tard, elle s'était déjà refermée *(cela ne marche pas à tous les coups, dommage !)*. Déçu de ce raté, je me positionnai au milieu de la route afin d'avoir une vision complète de l'immeuble et peu de temps après, une fenêtre au troisième étage s'éclaira, m'indiquant où était l'appartement dudit José. *(Toujours cette fameuse faculté de déduction.)* Mais que faisait-il avec ces deux gars à l'allure de voleurs de poules ? Cela titilla ma curiosité et je décidai d'attendre que quelqu'un d'autre ouvre la porte pour tenter une nouvelle fois d'entrer dans l'immeuble.

Les minutes passèrent, mais personne n'arrivait. N'en pouvant plus d'attendre, je décidai de grimper sur l'échafaudage pour atteindre le troisième étage et voir ce qui se tramait dans l'appartement.

Je m'imaginais, tel un héros des films d'aventures, grimper à toute vitesse cet enchevêtrement de ferrailles passant allègrement de barre en barre, mais c'était beaucoup plus ardu qu'imaginé. L'échafaudage étant en cours de montage, il manquait les planchers à chaque niveau. Mais en faisant très attention et sans regarder en bas, je réussis à me hisser d'étage en étage et à atteindre le bon niveau. Je me glissai sans faire de bruit jusqu'à me placer devant la fenêtre éclairée.

Ils étaient bien là tous les trois, toujours en grande discussion. José debout, dos à la fenêtre, faisait face aux deux autres assis sur un canapé, sirotant un verre. Leurs boissons bues, les deux gars se levèrent et après un dernier palabre, José partit dans une autre pièce pour revenir chargé d'un gros carton qu'il posa sur la table devant les autres. Le fan des rappeurs américains se pencha et l'ouvrit. Je ne voyais plus ce qui se passait car José s'était remis devant la fenêtre pile-poil dans ma ligne de mire et me cachait complètement la table où il avait déposé le carton. Je décidai, en prenant toutes les précautions pour ne pas tomber, de changer de place. Je glissai doucement les pieds sur la barre du bas et comme le chimpanzé moyen, j'accompagnai le mouvement de mes pieds en faisant des chassés-croisés avec mes mains sur la barre qui se trouvait au-dessus de moi *(vous avez bien compris le mouvement ?)*. J'étais à deux doigts de la position idéale, je me penchai de plus en plus et, d'un coup, au moment où mes bras s'entrecroisaient, un de mes pieds glissa… *(vous voyez où je veux en venir !)*

Je tombai lourdement à califourchon sur la barre du bas m'écrasant les bijoux de famille. La douleur fut si vive que d'instinct je portai mes mains vers l'endroit meurtri. Ce mouvement brusque me déséquilibra et je basculai sur le côté pour me retrouver la tête en bas. *(J'entends des lecteurs crier de peur ! Vous avez raison, cela devient dangereux, d'autant plus que je fais moi-même les cascades !)*

Par un réflexe miraculeux, juste avant de tomber dans le vide, je réussis à agripper la barre que j'avais accidentellement chevauchée, pour me retrouver suspendu à plus de dix mètres de haut. Dans les films, les gars accrochés ainsi arrivent à faire des trucs de "ouf", mais pour ma part, j'étais bien incapable de me balancer comme un bonobo pour essayer de prendre une des barres verticales qui se trouvaient près de moi. J'essayai alors de monter mes jambes pour accrocher cette foutue barre avec, mais après quelques vaines tentatives je renonçai, me rendant compte que j'étais aussi souple qu'un verre de lampe. Changeant de tactique, je tentais de faire quelques mouvements pour faire glisser mes mains, sauf qu'après tous ces essais infructueux, j'étais épuisé, le manque de pratique sportive se faisait grandement ressentir, les soirées "hamburgers/frites/bières" affalé devant la télé me revenaient à l'esprit, tel un message du "yang" *(le côté actif de notre personnalité)* en reproche au "yin" *(le côté passif. cela vous évite de chercher sur le net ☺)*. Le constat était angoissant, je n'arrivai même pas à me rapprocher d'un gros cordage qui pendait tout près de moi et qui devait servir aux ouvriers à monter les barres métalliques pour édifier cet échafaudage.

Les minutes passèrent sans que je trouve la force d'aller plus loin ou une solution pour me sortir de cette situation périlleuse. Je ne sentais plus mes bras, ils étaient complètement engourdis et mes doigts étaient devenus blancs à serrer aussi fortement la barre. Oui, c'était bien confirmé, c'était vraiment une journée de m….

Inexorablement, le temps continuait à défiler et je me rendis compte que je ne pourrais plus tenir bien longtemps. Je n'avais même pas la force de crier, mes yeux se brouillaient, la corde devant moi semblait danser, elle ondulait comme un serpent, j'avais même l'impression qu'elle se rapprochait de moi, j'hallucinais grave !

C'était la fin, je sentais bien que j'étais arrivé au bout de ma résistance, mes doigts tétanisés commençaient à glisser inéluctablement de la barre, je fermais les yeux. "Goodbye Cruel World", comme disait une chanson de Pink Floyd *(Avouez que je vous mets la pression. Cette incertitude est insoutenable. Le héros va-t-il s'en sortir ?...)*

Je sentis que quelque chose touchait ma main avec insistance. Je me ressaisis et ouvris un œil, c'était la corde qui était miraculeusement arrivée jusqu'à moi et me cognait la main. D'un effort surhumain, je lâchai la barre de la main la plus proche pour l'attraper, l'autre ne résista pas et mes doigts glissèrent immanquablement du tube d'acier. Comme dans un film, j'amorçai au ralenti ma chute vers le néant.

Chute qui fut aussitôt interrompue. Sans m'en rendre compte, ma première main avait réussi dans un sursaut salvateur à accrocher fermement la corde et je pus m'agripper à elle des deux mains. J'enroulai prestement mes jambes autour du cordage pour retrouver une situation stable et sécuritaire et, tout tremblant, je repris doucement mes esprits. Rassuré sur mon sort, je commençai à glisser le long de la corde vers le sol et regardai en bas. À l'autre bout, il y avait mon Léon, qui ayant compris la situation, m'avait de nouveau apporté une solution de sauvetage en tirant la corde qui descendait jusqu'au sol, pour la rapprocher de moi.

Arrivé en bas, je le pris dans mes bras « Encore une fois, tu es mon sauveur ». Il était heureux d'avoir de nouveau pu éviter le pire à son maître et sa queue battait l'air à tout rompre. Reconnaissant, je le laissai me montrer son affection en l'autorisant, malgré son haleine épouvantable, à glisser sa langue râpeuse sur mon visage et dans mes oreilles *(ce qu'il affectionne au plus haut point, allez comprendre pourquoi ?)*.

Alors que je me remettais doucement de ce traumatisme, toujours assis sur le trottoir les bras entourant mon brave Léon, je vis sortir de l'immeuble les deux visiteurs de José et le plus intéressant c'est que "l'américain" portait dans les bras le carton que j'avais aperçu dans l'appartement. Sans même un regard vers nous, ils s'éloignèrent en grande discussion. Ce carton suffisamment grand pour contenir la statuette titilla ma curiosité, ça devenait franchement intéressant et mon intuition me dicta de les suivre. Ils remontèrent la rue sur quelques dizaines de mètres et montèrent dans une vieille 205 Peugeot. Je fus pris de court, je me mis prestement debout et me mis à courir vers la Clio, qui était garée à l'autre bout de la rue. Pour Léon ce fut assez difficile car cela faisait belle lurette qu'il ne courait plus, il ne savait plus comment mettre ses pattes arrière, cela partait dans tous les sens, c'était ridicule et on voyait qu'il faisait des efforts pour ne pas se prendre une gamelle *(ne pas prendre une gamelle étant un exploit pour le bouffe-tout qu'il était)*.

Enfin arrivé à la voiture, j'ouvris vite fait la portière et on se jeta dans nos sièges respectifs. Un coup de démarreur plus tard, le moteur ronflait, il ronflait un peu moins fort que Léon tout de même, car ce chien avait une aptitude incroyable à s'endormir d'un coup dès qu'il se retrouvait allongé sur sa banquette arrière. Il faudrait faire des recherches scientifiques sur lui pour connaître son secret et en faire profiter l'humanité entière.

La 205 passa à côté de moi tous feux allumés. Comme j'étais garé dans le bon sens, je sortis de mon emplacement et leur emboîtai facilement la roue. Après avoir passé plusieurs croisements, pris des rues à droite, à gauche et même fait un demi-tour, je me rendis compte qu'ils m'avaient repéré. Ils accéléraient pour me distancer et on dépassa allègrement la limitation de vitesse en centre-ville *(voilà enfin la poursuite tant attendue des fans de séries américaines, attachez vos ceintures et profitez-en !!)*.

Ils avaient l'air paniqué, le passager se retournait régulièrement pour me surveiller par la lunette arrière, la 205 prenait les virages sur les chapeaux de roues, ils allaient plein pot mais je ne les lâchai pas d'un pneu. Les phares de ma Clio n'étant pas bien vaillants, j'étais obligé d'être tout près d'eux pour être sûr de ne pas les perdre, ce qui les apeurait encore plus. À ce petit jeu, sans bien m'en rendre compte, on se retrouva en dehors de la ville. Il faisait nuit noire et nous étions arrivés sur une grande route, nos phares falots *(non, ce n'est pas un nom de pâtes)* éclairaient difficilement les bords de la route et les platanes surgissaient de la nuit comme une haie fantasmagorique de fantômes agitant leurs bras au-dessus d'eux. Nous allions à la vitesse maximum que nous pouvions obtenir de nos vieilles guimbardes.

L'aiguille tremblotante de mon compteur de vitesse indiquait la vitesse vertigineuse de cent vingt kilomètres à l'heure, la pauvre Renault était prise de convulsions. Toute sa tôle grinçait et vibrait de manière inquiétante, le moteur cliquetait bruyamment comme jamais auparavant, c'était un concert de bielles, de vilebrequins et de soupapes. Les pistons s'affolaient, l'arbre à cames s'agitait, les bougies rougissaient, le carburateur s'essoufflait, les courroies se tendaient, les pompes suffoquaient, les durites gonflaient, la pression montait, l'eau bouillonnait, le pot d'échappement suffoquait, le moteur était à la limite de la rupture *(je pense que vous avez compris l'état de la mécanique, maintenant passons au reste !)*.

Le volant tressautait dans mes mains, la voiture était parcourue de tremblements incontrôlables, les portières geignaient et menaçaient de s'ouvrir toutes seules, la carrosserie semblait être proche de la dislocation. Dans ce brouhaha d'enfer, je n'étais pas très rassuré, même Léon qui d'habitude était serein avait l'air angoissé par ce moment de forte tension. Après avoir été réveillé par les virages à la corde que nous avions pris en centre-ville, il avait sauté sur le siège avant pour suivre de près cette course-poursuite infernale et ses yeux fixaient la route droit devant. De temps en temps, il tournait la tête vers moi et me fixait d'un regard apeuré.

— Ne t'inquiète pas, je maîtrise la situation, cependant je vis que ces paroles ne le rassuraient pas du tout.

D'un coup, la 205 prit une petite route sur la droite, je tournai brusquement le volant pour la suivre, la Clio fit une embardée mais réussit miraculeusement à se maintenir sur la route et pourtant ce n'était pas gagné d'avance. Dans le violent écart qu'avait fait notre bolide, Léon s'était retrouvé projeté sur moi et d'un coup, je me demandai qui dirigeait la voiture. Il était assis sur mes genoux, les deux pattes sur le volant en train de manœuvrer le véhicule. Je le regardai, il avait l'air éberlué comme le bien connu "Scooby-doo" de la série du même nom, dans les moments tendus de ses aventures. Réalisant ainsi le début de panique de mon chauffeur improvisé qui ne maîtrisait plus rien, je repris le volant en main en me débarrassant vite fait de l'apeuré canidé de bande dessinée et je continuai de plus belle cette chevauchée fantastique.

Nous roulions à tombeau ouvert sur cette route de campagne qui n'était qu'une petite bande asphaltée qui louvoyait à travers champs et à plusieurs reprises, mes roues sortaient du droit chemin, mais tenant fermement le volant, je réussissais à chaque fois à rattraper ces embardées.

Après quelques kilomètres, on se retrouva à longer une autoroute. Les phares des véhicules qui roulaient dessus et qui arrivaient droit devant nous par vagues successives espacées de quelques centaines de mètres nous éblouissaient *(Attention séquence "savoir" à venir. Aujourd'hui l'astronomie !)* J'avais après chaque passage dans ces "supernova" lumineuses des "trous noirs" de plusieurs longues secondes et pendant ce laps de temps, je conduisais à l'aveugle avant que mes yeux ne s'adaptent de nouveau à la sombre nuit qui nous enveloppait de son manteau de "matière noire". Dans ces moments où le temps était en suspens, je serrais les fesses *(Non, n'en déplaise à certains, serrer des fesses n'est pas un phénomène astronomique !)* en priant pour qu'il n'y ait pas un virage trop serré ou que la route finisse en cul-de-sac.

Juste après une sortie d'une de ces étincelantes tempêtes lumineuses, je vis la 205 tanguer, elle allait d'un bord à l'autre de la route, le conducteur en avait perdu le contrôle. Je ralentis par précaution, donnant de la distance entre nous. Les deux feux rouges s'éloignèrent rapidement en louvoyant dangereusement ... puis plus rien, disparue la 205 !

Je freinai, debout sur la pédale de frein. La voiture, qui avait oublié d'avoir un freinage équilibré, se mit à valser comme au bal de débutantes à Vienne. De peur, Léon se jeta dans mes bras et serrés l'un contre l'autre, en fredonnant la musique du "Beau

Danube bleu", on exécuta des tourbillons inoubliables à en estomaquer Johann Strauss lui-même, c'était grandiose ! Après cette virevoltante envolée tournoyante, la voiture s'arrêta net. Tout tremblant, j'ouvris ma portière, une vague de froid entra dans la voiture et nous glaça, cela eut le mérite de nous remettre les idées en place. Léon descendit le premier, il avait l'air bien.

— Rien de cassé, mon bonhomme ?

Il me répondit en remuant la queue, m'indiquant qu'il était content d'être sorti intact de cette épopée tumultueuse.

Nous avions eu de la chance de ne pas quitter la route, il n'y avait que deux roues de la voiture dans le bas-côté. Je cherchais du regard la 205 et je vis l'un de ses phares à quelques dizaines de mètres devant nous, leur voiture était tombée dans le fossé bordant la route. Je m'approchai de la Peugeot quand j'aperçus les deux occupants en sortir tant bien que mal. En me voyant, ils se mirent à courir, "l'ami rappeur" avait toujours le carton sous le bras. Ils s'enfoncèrent dans la nuit en se dirigeant vers un pont piétonnier qui traversait l'autoroute que l'on voyait par intermittences, éclairé par les véhicules qui arrivaient toujours par vagues successives. Bien obligé, je me mis à la poursuite des deux gars.

Courir dans la nuit avec pour seul éclairage les flashs lumineux éblouissants n'était pas une mince affaire et plusieurs fois je me retrouvais face contre terre, mais je progressais quand même. "L'américanorappeur", qu'on voyait courir de manière stroboscopique en tenant son falzar d'une main et portant toujours le mystérieux carton sous l'autre bras, avait abandonné depuis longtemps ses godasses de clown sur lesquelles j'avais buté, il courait maintenant en chaussettes, ce qui devait fortement le handicaper. Le grand maigre était déjà loin devant, on le voyait monter les premières marches de la passerelle. Mon Léon, utilisant toujours la même technique complètement déjantée que je vous ai précédemment décrite, courait loin devant moi en faisant de grands sauts de cabri pour passer les hautes herbes, mais sa technique, aussi burlesque fusse-t-elle, fonctionnait, car il rattrapait "l'ami Ricain". Léon l'atteignit au pied des escaliers et l'agrippa par son pantalon qui n'attendait que ça pour reprendre sa liberté et Léon se retrouva avec un bénard vide de son occupant entre les crocs. Le "Yankee" s'échappa de la dangereuse mâchoire aussi vite qu'il le pût, en montant quatre à quatre les marches tout en gardant son précieux carton sous un bras. Cela mit en rogne Léon qui, en quelques bonds, fut de nouveau sur lui et l'agrippa par son caleçon en lui mordant certainement un bout de fesse car le gars poussa un cri bestial et dans un geste machinal de défense, il balança son carton sur le teigneux cabot. Celui-ci ne lâcha pas le morceau pour autant, mais comme pour le blue-jeans, le gars réussit à s'extirper de son caleçon, laissant de nouveau Léon seul avec ce bout de tissu inoccupé entre les dents. Le fugitif, fesses à l'air, reprit son ascension des marches dans une fuite éperdue, Léon était furieux et s'apprêtait de nouveau à le suivre.

— Non Léon, arrête ! Il stoppa net et revint vers moi, « c'est bien, tu as fait du bon boulot » lui dis-je en lui grattant la tête.

Je récupérai le carton au bas des escaliers. J'étais assez fier de moi, car d'instinct j'avais su que c'était important de les suivre, mais je n'aurais jamais pu imaginer en entamant cette poursuite une fin aussi heureuse, j'avais effectivement eu du flair sur ce coup-ci. *(Merci pour vos félicitations !)* et l'inspecteur de police avait eu raison de soupçonner l'intendant, il allait être content du résultat. Cela avait été une journée pleine de rebondissements qui, en fin de compte, se terminait bien.

Avant de rejoindre ma voiture, je portai mon regard de l'autre côté de l'autoroute pour voir si les deux gars continuaient à courir, mais la nuit était sombre et je ne voyais rien. Quoique… Mon regard fut attiré par le mouvement d'une boule blanche sautillante qui scintillait au rythme des balayages lumineux provenant de l'autoroute. Je mis du temps à me rendre compte que c'était les fesses blanches de "l'amerloque" éclairées par les lumières des phares. À n'en pas douter, il y avait pleine lune ce soir, il se souviendra certainement longtemps de cette soirée.

On retrouva facilement notre voiture et je réussis sans difficulté à la sortir du bas-côté. Je laissai tourner le moteur, mis le chauffage à fond et allumai le plafonnier pour ouvrir le carton.

J'allais enfin découvrir cette statuette. José avait fermé le carton avec des tonnes de ruban adhésif et avec les dents, je réussis à l'enlever. Je pris mon temps et ouvris le paquet tout doucement, pour pouvoir savourer ce glorieux moment.

Les rabats bien ouverts, j'enlevai les papiers qu'il avait mis en quantité et découvris le contenu ...

Ah !... La désillusion !... Le carton ne contenait que des cartouches de cigarettes en provenance d'Espagne, les mêmes que celles que m'avait proposées le directeur !

Je comprenais pourquoi José allait tous les mois rendre visite à sa famille en Espagne, il arrondissait ses fins de mois avec un petit trafic de cigarettes. Quelle déconvenue !

Je repris la route et rentrai chez moi horriblement déçu. J'avais pensé un moment finir cette journée en beauté, mais non, c'était vraiment une journée à oublier.

De retour à la maison, en essayant de ne plus penser à cet épisode peu glorieux, je retranscris sur mon tableau les maigres notes de mon calepin et m'assis dans mon fauteuil préféré face à lui pour réfléchir à la suite à donner à cette enquête.

Léon, mon "Docteur Watson" était venu, comme à son habitude, s'asseoir à côté de moi en ayant l'air de réfléchir lui aussi à cette affaire.

— Tu vois Léon, je pense que le court-circuit a été volontairement provoqué en faisant tomber le mixeur dans l'eau. Le caoutchouc qui manque sur le mixeur n'est pas parti tout seul, pour preuve, j'ai essayé d'en enlever un autre et ça s'est avéré très difficile. Malheureusement, c'était la seule information importante obtenue durant cette mémorable journée.

Demain, il faut retourner à la galerie afin d'élucider cette histoire de clé de coffre, car s'il a été ouvert avec et que je trouve qui a accès à cette clé, j'aurai un vrai suspect.

Chapitre 8

Le lendemain, quand j'arrivai à la galerie en début d'après-midi, je fus accueilli par la même employée que la veille qui m'ayant reconnu, repartit aussitôt vers ses occupations. Je me tournai vers l'agent de sécurité qui était assis à son bureau derrière la vitre, et par chance, c'était celui que je n'avais pas encore rencontré et cela tombait bien puisque j'avais quelques questions à lui poser.

Il était des plus sérieux, c'était un grand gars costaud engoncé dans un uniforme trop petit et l'air renfrogné de celui qui se méfie de tout le monde.

Je me présentai devant lui, il se leva et me demanda à travers la vitre d'une voix forte et péremptoire.

— Que voulez-vous ?

— Bonjour, je suis content de vous rencontrer, j'ai déjà parlé avec vos trois collègues, vous êtes bien l'un des quatre agents de sécurité en poste ici ?

— Oui…, mais pourquoi vous me demandez cela ?

— Je suis le détective privé chargé de l'enquête sur le vol de la statuette, j'interroge tout le monde et j'ai quelques questions à vous poser.

— Qui me prouve que vous êtes bien un détective privé ?

Il prenait son rôle très au sérieux et à contrecœur je sortis ma carte professionnelle et la colla sur la vitre qui nous séparait.

Il l'examina un long moment, passant régulièrement son regard de ma photo à mon visage.

— Mouais, on ne vous reconnaît pas bien sur la photo.

— Vous voulez que je vous donne un certificat de naissance, lui répondis-je d'un air railleur.

— Attention Monsieur, ne vous moquez pas de moi, car je suis un agent assermenté ! Et d'abord, qui vous a donné l'autorisation de me questionner ?

Il était de plus en plus énervant.

— Demandez à votre directeur, il vous confirmera qu'il m'a bien chargé de l'enquête et qu'il m'a donné l'autorisation d'interroger le personnel.

Il prit aussitôt le téléphone, composa un numéro et après quelques sonneries, on décrocha à l'autre bout.

— Bonjour, Monsieur le Directeur, je vous prie de bien vouloir m'excuser de vous déranger, mais il y a un homme qui se prétend détective privé et qui m'affirme qu'il aurait été engagé par vous pour mener l'enquête sur le vol de la statuette. Mais il a un comportement étrange et il ne ressemble en rien à un détective privé ni à la photo qu'il m'a présentée. Son nom ? Il regarda ma carte professionnelle qu'il avait toujours sous le nez. « C'est un certain Monsieur Gil Trouver »

Il hocha plusieurs fois la tête avec un « Oui Monsieur » puis un « bien Monsieur le Directeur, comme vous voulez » puis il raccrocha.

— Monsieur le directeur m'a confirmé qu'il vous avait engagé et m'a demandé de répondre à vos questions, me dit-il d'un air bourru.

— Je peux venir vous voir dans votre local pour discuter plus facilement que derrière cette vitre ?

— Non, c'est interdit, il n'y a que le personnel de sécurité qui a le droit de pénétrer dans le poste de commande et de sécurité.

— Bien. Je sortis mon fameux calepin. Et en élevant la voix « C'est vous qui étiez de service lundi, avant que votre collègue, Monsieur Gaby Yaut, ne prenne la relève en fin d'après-midi ? »

— Oui, j'ai été de service jusqu'à seize heures trente.

— Avez-vous vu quelque chose d'inhabituel pendant votre service ?

— Non.

— Pourtant durant cet après-midi il y a eu la livraison de la statuette !

— Vous m'avez demandé si j'avais vu quelque chose d'inhabituel et la livraison d'une œuvre n'est pas inhabituelle dans une galerie d'art !

— C'est vrai, vous avez raison. Sinon, avez-vous vu quelqu'un qui avait un comportement bizarre ?

— Oui.

J'attendis la suite, mais il ne me donnait pas d'explications. J'essayai d'amorcer une réponse un peu plus complète.

— Et ... ?

— Et quoi ?

— Expliquez-moi, qui avait un comportement bizarre et que faisait-il ?

— C'était un gamin.

— Un gamin ?

— Oui, il faisait du vélo.

— Du vélo ? Mais où ça ?

— Ben, sur le trottoir, alors que c'est interdit !

Ah le boulet, pensai-je !

— Mais nous n'en avons rien à faire d'un gamin en vélo sur le trottoir, ce que je vous demande, c'est

si avez-vous vu une personne avec un comportement bizarre à l'intérieur de la galerie. !

— Ah, bon si c'est à l'intérieur de la galerie,
alors non je n'ai vu personne avec un comportement
étrange.

— Avez-vous déjà eu, quand vous étiez de service, des coupures électriques. Je précisai aussitôt «
des coupures d'électricité à l'intérieur de la galerie ».

— Non jamais.

Après avoir noté ses réponses, je refermai mon
calepin.

— Merci, je n'ai plus de questions pour vous. Je
peux aller voir le directeur maintenant ?

— Je ne sais pas, attendez, je lui demande.

Nouvel appel téléphonique au directeur.

Après avoir obtenu la réponse, il me montra le
fond du grand couloir.

— Allez-y, prenez la porte au fond et montez au
premier, il vous attend dans son bureau.

— Merci, et je filai dans la direction indiquée.

Le directeur m'accueillit avec son grand sourire commercial accompagné de l'habituel écrabouillage consciencieux de ma main.

— Asseyez-vous. Alors, avez-vous trouvé comment le voleur s'y est pris pour entrer dans la galerie sans être vu et ouvrir le coffre ?

— Non, toujours pas, mais justement en parlant d'ouverture du coffre je voulais savoir où vous rangez la clé du coffre ?

— La clé du coffre ? Mais il n'y en a pas, le coffre s'ouvre avec un code.

— Si, vous devez en avoir une, il y a une serrure qui se trouve sous la plaque métallique pivotante du logo du fabricant.

— Une serrure sous une plaque pivotante sur la porte du coffre, vous en êtes sûr ?

— Oui, certain, le coffre vous a été livré obligatoirement avec une clé de secours en cas de panne du digicode. Elle devait accompagner les documents que les installateurs vous ont remis. Pouvez-vous vérifier si elle y est toujours.

— Oui, je dois les avoir, mais je n'ai aucun souvenir d'avoir vu une clé avec. Attendez, je vais les chercher.

Il alla à son armoire et fouilla dans les étagères pendant un bon bout de temps et il se retourna d'un coup avec un grand sourire aux lèvres et s'écria.

— Ah, les voilà, j'ai eu du mal à les trouver, il faut dire que je n'en ai pas eu besoin depuis son installation.

Il rapporta une grosse enveloppe kraft qu'il ouvrit, renversa tout le contenu sur son bureau et regarda un par un les documents.

— Il y a le mode d'emploi et une notice d'installation, qu'il mit de côté, puis il prit l'emballage en plastique transparent qui était avec les documents. Il le porta au niveau de ses yeux en le secouant. « Oh, mais c'est peut-être cela », il me le tendit « regardez ».

Je regardai et parmi les vis et chevilles il y avait bien un petit sachet, lui aussi en plastique transparent, qui contenait deux clés plates identiques. Je mis la main dans le sac et en sortis la pochette. L'emballage d'origine était hermétiquement scellé, cela supprimait l'éventuelle utilisation de la clé pour ouvrir le coffre, c'était désolant car cette nouvelle piste s'arrêtait là.

— Oui c'est bien la clé avec son double, la forme correspond bien à la serrure que j'ai vue sur la porte du coffre et puisque le petit paquet est toujours scellé, nous sommes sûrs que le voleur n'a pas utilisé une de ces clés et qu'il a bien ouvert le coffre avec le code.

— C'est évident qu'elles n'ont jamais été utilisées. Je vous avoue que je ne me rappelais pas qu'il y avait ces clés livrées avec et encore moins que la porte du coffre comportait une serrure dissimulée.

— Maintenant, mettez-les le plus vite possible en lieu sûr.

— Vous avez raison, dès ce soir je les mettrai chez moi en sécurité dans mon coffre personnel. Avez-vous d'autres questions ?

— Oui, avez-vous des nouvelles du détective envoyé par votre assureur ?

— Non, toujours pas.

— Et la police, savez-vous où en est leur enquête ?

— Pas plus, le premier jour, ils ont interrogé tout le monde, relevé des empreintes un peu partout, pris des centaines de photos et depuis plus aucune nouvelle. Je pense qu'ils sont comme vous, ils n'arrivent pas à trouver comment le vol a été commis ni l'identité du voleur. Vous avez d'autres demandes ?

— Non je n'ai plus de questions pour le moment, merci de vos réponses, et en me levant, « j'ai vu la voiture de Monsieur Spéré au parking, il n'est donc toujours pas parti en Espagne comme il le voulait ? »

— Non, il a reporté son voyage de quelques jours, l'inspecteur de police lui a demandé de ne pas quitter le territoire en attendant la fin de l'enquête.

— Alors je peux aller voir le voir ?

— Oui, allez-y, vous connaissez son bureau maintenant.

— Oui. Merci, au revoir. Ah oui, j'oubliais, c'est possible de refaire un tour dans la galerie ?

— Oui, mais je préviens l'agent de sécurité, c'est l'agent le plus pointilleux qui est là et s'il vous voit errer dans la galerie, il risque de vous créer des histoires.

— Merci de le prévenir, et en riant « Surtout que j'ai déjà eu l'occasion de le voir à l'œuvre dès mon arrivée ».

J'allai frapper à la porte de José Spéré.

— Entrez !

Je poussai la porte et je le retrouvai en conversation avec la sous-directrice, qui se leva à mon entrée et me tendit la main. Elle avait remis ses stricts vêtements et bien malin qui pourrait deviner derrière son air austère, la souriante danseuse d'hier.

— Bonjour, Monsieur Trouver, alors votre enquête avance ?

— Oui, mais pas aussi rapidement que je l'espérais.

— C'est bien dommage, nous comptions sur vous pour rassurer nos clients au plus vite. Vous voulez vous entretenir avec Monsieur Spéré ?

— Oui, j'ai encore des questions à lui poser.

— Dans ce cas, si vous n'avez pas besoin de moi, je vous laisse. Se tournant vers l'intendant « à plus tard José » et elle sortit du bureau.

José se leva pour me serrer la main.

— Bonjour, alors que voulez-vous savoir ?

Je ne savais pas s'il était au courant de l'épisode rocambolesque d'hier soir que j'avais eu avec ses acolytes, mais en tout cas cela ne se voyait pas, il était toujours aussi souriant.

— Bonjour, j'ai juste encore quelques questions, mais cela ne sera pas long.

— Asseyez-vous, il reprit sa place « Alors je vous écoute ».

Je pris mon calepin pour noter les réponses à venir.

— Avez-vous servi des boissons dans des verres à digestif lors de réception ?

— Non, nous n'en avions pas besoin, il n'y avait pas d'alcools forts à offrir.

— Quand vous avez lavé à la main la vaisselle que vous aviez laissée tremper, avez-vous trouvé dans l'évier le pied en caoutchouc du mixeur qui aurait pu se détacher en tombant dedans ?

— Non, je n'ai rien trouvé de semblable.

— Pour en revenir au lave-vaisselle, c'est un vieil appareil, avez-vous remarqué ces derniers temps s'il vibrait plus que d'habitude, ce qui pourrait expliquer la chute accidentelle du mixeur.

Il réfléchit.

— Non, je n'ai pas remarqué de changement notable. D'ailleurs, je l'ai utilisé le vendredi après-midi pour laver tous les verres en prévision de la soirée et le mixeur qui est toujours à la même place n'est pas tombé dans l'évier. Que cela se soit produit le lundi soir est incompréhensible.

— Quand vous dites laver tous les verres le vendredi d'avant la réception, c'est y compris les verres à digestif ?

— Oui, j'avais vidé entièrement le placard où je les range et je les avais tous mis au lavage.

— Et quand les avez-vous remis à leur place ?

— Le lundi matin en arrivant.

— Merci de vos explications, je ne vous dérange pas plus longtemps. En me levant de mon siège, « Monsieur Kole est encore là ? »

Il regarda sa montre.

— Non, à cette heure, il a déjà fini son service et il doit être rentré chez lui.

— Cela ne fait rien, j'ai son adresse, je passerai le voir chez lui avant de rentrer.

Je retournai au coin bar du rez-de-chaussée et repris mon inspection interrompue hier par le départ de la sous-directrice. Je mis le mixeur tout au bord du lave-vaisselle et enclenchai de nouveau le programme "lavage", lançai mon chronomètre sur ma

montre et ce coup-ci attendis suffisamment longtemps pour voir que les vibrations finissaient,
comme prévu, par le faire chuter dans l'évier, me
confortant dans l'idée que cet accident avait été provoqué. Je notai ce nouvel élément et après avoir tout
remis en place, je retournai voir le gardien.

Je lui demandai de me faire une démonstration du
fonctionnement de la serrure de la porte principale.
Il s'exécuta de mauvaise grâce en me montrant
qu'elle avait, au même titre que la porte au sous-sol,
des contacteurs magnétiques et était équipée d'une
serrure automatique à ouverture électrique. Il m'ex-
pliqua qu'en journée, pendant les heures d'ouverture
au public, la serrure était désactivée à l'aide d'un interrupteur dédié qui se trouvait être dans le poste de
sécurité, la porte s'ouvrant ainsi à la moindre pous-
sée d'un visiteur et à la fin de la journée au moment
de la fermeture de la galerie, l'agent la remettait en
fonction.

N'ayant plus rien à voir, je le remerciai de sa
"bienveillante attention à mon égard". La formule lui

plut, il me sourit et me gratifia d'un grand et chaleureux « Merci, content de vous avoir rendu service, et je vous souhaite bonne chance pour votre enquête. » Nous nous quittâmes étonnamment bons amis.

De retour à ma voiture, je dis à mon compère quadrupède qui m'attendait.

— Allez, en route mon Léon, mais je te préviens nous ne rentrons pas tout de suite à la maison, j'ai encore une personne à voir.

Chapitre 9

Je trouvai facilement la rue où habitait Sabri Kole. C'était une rue pavillonnaire dans une lointaine banlieue de la ville, je passai doucement devant la petite maison où il demeurait. Les fenêtres étaient grandes ouvertes au rez-de-chaussée, on voyait des gens qui festoyaient et on entendait de la musique s'en échapper.

Je réussis à me garer un peu plus loin et je restai dans ma voiture hésitant sur ce que je devais faire. Cela m'ennuyait déjà d'être obligé de venir dans ce coin perdu de la ville juste pour quelques questions à lui poser, mais me retrouver en plus à le chercher dans une foule en fête pour une célébration à laquelle je n'étais pas invité, me posait quand même un cas de conscience.

Avant même d'avoir eu le temps de prendre une décision, on tapa à ma vitre, c'était Sabri qui me fit signe de l'ouvrir.

— Bonjour Monsieur le détective, me dit-il d'un air enjoué, « je suis adepte des "youngtimers" et c'est en regardant de plus près votre vieille Clio que je vous ai reconnu au volant. Si vous êtes ici dans ma rue, je suppose que vous voulez discuter avec moi, non ? »

Il avait deux gros sacs de supermarché posés à ses pieds et un jeune homme derrière lui en avait deux autres bien remplis.

— Oui, j'aurais aimé vous poser quelques questions mais je vois que vous avez organisé une fête et que vous êtes très occupé, cela peut attendre, je vous verrai à la galerie demain.

— Non, bien au contraire. Et en me montrant ses sacs de courses, « mon neveu et moi sommes allés chercher les ultimes sacs de courses dans la voiture avant l'arrivée des derniers invités, nous fêtons l'anniversaire de ma mère à la façon marocaine et cela me ferait vraiment plaisir si vous voulez vous joindre à nous. Je vais vous la présenter et vous allez goûter nos spécialités et nous trouverons bien un moment pour se parler. Allez, suivez-nous. »

— D'accord, si cela ne vous dérange pas trop. Mais je ne reste que le temps de prendre un verre et de vous poser mes quelques questions, cela ne prendra pas plus de dix minutes.

— Entendu. Il reprit ses deux sacs et se dirigea vers la maison, suivi du neveu qui avait toutes les peines du monde à porter ses deux énormes cabas.

Après avoir fermé la voiture et laissé l'aération habituelle au quadrupède poilu, je courus derrière eux et délesta le neveu d'une de ses charges, il me remercia d'un grand sourire.

Il y avait un monde fou dans la maison et l'on se fraya un chemin dans la foule jusque dans le séjour où était dressée une table avec un étalage d'un assortiment de spécialités du Maghreb. Il y en avait pour tous les goûts, du salé au sucré, c'était coloré, dégoulinant de sauce ou de miel et pour le gourmand que j'étais, c'était plus qu'appétissant. Je déposai mon fardeau à côté des sacs de Sabri qui commença sans attendre à les vider, je me mis à l'aider et l'on aligna les bouteilles d'eau, de jus de fruits, de sodas et d'alcools sur la table. Une fois cela fini, il me dit.

— Venez, je vais vous présenter à ma mère

Je le suivis vers un coin de la salle où une vieille dame était assise dans un fauteuil roulant entouré d'un groupe de jeunes femmes qui parlaient fort toutes en même temps, cela couvrait même la musique. La mère de Sabri était une femme qui avait dû être extrêmement belle car, malgré les années, elle avait gardé des traits fins qui étaient encadrés par une magnifique chevelure noire de jais.

— Mama, il s'y reprit à plusieurs fois appelant de plus en plus fort pour couvrir le brouhaha de la discussion « Mama, Mama, je te présente le détective privé dont je t'ai parlé, tu sais, celui qui fait une enquête à la galerie pour retrouver la statuette qui a été volée. » Elles s'arrêtèrent toutes de parler et s'écartèrent pour nous laisser avancer. J'étais face à sa mère qui me regardait de son doux regard d'un noir étincelant.

— Bonjour Monsieur le détective,

— Bonjour, Madame, je vous souhaite un bon anniversaire !

— Merci bien. Sabri m'a tout raconté sur le vol qui a été commis dans la galerie où il travaille et sur la venue d'un détective privé pour mener l'enquête. Vous savez, j'en vois souvent au cinéma ou à la télé, mais c'est la première fois que j'en rencontre un en vrai. Cela doit être un métier passionnant.

Je me sentis un peu gêné, toutes me regardaient comme si j'étais un super héros de bandes dessinées, genre Superman, Spiderman, Ironman ou Batman *(Pas Hulk Merci !)*

— Il n'y a rien d'extraordinaire, mais c'est indéniable que c'est un travail captivant où l'on a la chance de rencontrer beaucoup de monde.

— Alors, avez-vous trouvé des indices ? Où même, peut-être déjà découvert le nom du voleur ?

— Des indices oui, mais le voleur court toujours. Cependant je sens que je vais bientôt découvrir son identité. *(OK, je me fais un peu mousser ! mais comprenez-moi, pour une fois que j'ai des groupies, je ne veux pas les décevoir !)*

— Trouvez-le vite et récupérez cette statuette au plus vite, mon fils a tellement peur de perdre son travail.

Elle but une gorgée du verre qu'elle tenait à la main, mais elle ne put reprendre la conversation, car profitant de cette pause verbale, la horde féminine qui l'entourait me lança une multitude de questions en flots continus, elles avaient toutes des interrogations sur ce métier fascinant qui était le mien.

— Avez-vous déjà enquêté sur des meurtres ?

— Avez-vous déjà utilisé une arme à feu ?

— Avez-vous déjà arrêté des gangsters ?

— Connaissez-vous des gens célèbres ?

— Gagnez-vous beaucoup d'argent ?

— Savez-vous compter jusqu'à dix ? *(Celle-là c'est pour vérifier si vous lisez bien chaque ligne !)*

À peine j'essayais de répondre à une question qu'une autre était posée, j'étais submergé à en perdre mon souffle, la noyade verbale n'était pas loin quand une main salvatrice m'extirpa de ce tsunami de paroles.

— Laissez-le tranquille, dit Sabri, « allez plutôt aider les tantes en cuisine »

— Merci, vous m'avez sauvé !

— Ah ces jeunes ! Quand elles commencent à poser des questions, on n'en finit pas.

Il m'entraîna jusqu'à la table débordante de nourriture.

— Regardez, vous avez les meilleures spécialités de la cuisine marocaine, c'est ma mère et mes tantes qui ont tout préparé.

— C'est vraiment appétissant et en plus j'adore le couscous, en lorgnant une montagne de semoule parsemée de raisins secs.

— Cela tombe bien, elles font le meilleur couscous marocain du monde et il faut absolument que vous goûtiez leurs tajines, mrouzias et pastillas qui sont les plus savoureuses du Maghreb. Je vous laisse, il faut que j'accueille les invités qui arrivent et je reviens vers vous dès que je le peux, pendant ce temps, servez-vous et appréciez toutes nos spécialités.

Je ne me fis pas prier, je pris une large assiette où je me fis servir une généreuse part de tous les plats présents sur la table. *(Il paraît qu'il vaut mieux m'avoir en photo qu'à table !)*

Mon assiette pleine à ras bord dans une main et un verre de vin de l'autre, je réussis à trouver un petit coin où m'asseoir dans le séjour et, en faisant abstraction au bruit infernal des conversations, je pus savourer mon assiettée. Tout était excellent, le couscous était cuit à point, les grains n'étaient pas collants comme on les trouve de temps en temps dans les restaurants et la cuisson des viandes était parfaite, le verre de vin rouge marocain, un Baccari de 2013, accompagnait parfaitement mon repas. J'étais sur le point de terminer la tonne de nourriture que l'on m'avait servie, quand deux jeunes filles souriantes m'apportèrent une assiette pleine de pâtisseries orientales baignant dans le miel.

Malgré ces appétissantes sucreries, mon ventre qui était prêt à éclater s'avoua vaincu et avec regret, je m'entendis dire.

— Merci les filles, mais je n'en peux plus, j'ai déjà le ventre plein et j'ai même du mal à finir mon assiette.

— Cela ne fait rien, nous allons vous les mettre dans un sachet papier, vous pourrez les déguster demain et elles repartirent en courant.

Tout en finissant ce repas gargantuesque, je regardai la pièce. Il y avait très peu de meubles et la décoration était quasi inexistante, hormis quelques photos accrochées aux murs qui attirèrent mon regard. Je pris ma dernière bouchée et finis d'un coup mon verre de vin pour me lever afin de les voir de plus près. C'étaient toutes d'anciennes photos, certaines étaient même jaunies par le temps, on y voyait dans un décor typiquement marocain, reconnaissable aux bâtiments et à la tour Hassan en arrière-plan, un couple avec la mère de Sabri, toute jeune, au bras d'un homme de type européen en costume.

— Ce sont mes parents quand ils vivaient au Maroc, me dit Sabri.

Je fus surpris, je ne l'avais pas vu arriver derrière moi.

— Ma mère est marocaine et elle a rencontré mon père qui était un diplomate anglais en poste à l'ambassade à Rabat. Il me tendit un des deux verres qu'il avait en main, « tenez, goûtez-moi ça, c'est du "mahia", c'est une eau-de-vie faite à partir de figues, aromatisée à l'anis. Attention c'est très fort ! ».

Je pris le verre et trempai mes lèvres dans le liquide transparent, c'était très alcoolisé et cela ressemblait fortement à l'ouzo grec. Il poursuivit.

— Quelques années après cette photo, mon père a été nommé à Paris et c'est ici je suis né. Malheureusement il est décédé quelques temps après ma naissance et c'est ma mère qui m'a élevé toute seule.

Il but de nouveau une gorgée de son tord-boyaux et reprit.

— Cela n'a pas été facile pour elle, car j'ai eu de mauvaises fréquentations et ma vie a basculé pendant quelques années dans la délinquance et le trafic. Ce qui m'attriste le plus, c'est que je n'étais même pas là pour la soutenir. Quand ma mère a eu son terrible accident de voiture qui l'a rendue paralysée, j'étais en prison et elle a dû surmonter cette épreuve toute seule. Après ces années d'errance, j'ai arrêté mes bêtises et repris ma vie en main, j'ai trouvé du travail à la galerie ce qui m'a permis de louer cette petite maison pour nous deux et maintenant nous avons une vie tranquille. Je vous raconte tout ça avant que d'autres ne le fassent à leur manière et je pense que vous êtes ici pour ça.

— Oui, c'est vrai et vous avez devancé certaines des questions que je voulais vous poser. Je vais être direct avec vous au sujet du cambriolage de la galerie, vous savez qu'avec votre passé, vous êtes un suspect idéal pour ce vol.

— Oui, je me doute, mais je vous jure que ce n'est pas moi qui ai volé la statuette.

— Oui, je veux bien vous croire, mais vous avez peut-être parlé de cette statuette à vos anciens amis qui auraient profité de cette information pour commettre ce vol.

— Non, ne croyez pas cela. Ils m'ont pourri la vie et depuis ma sortie de prison, j'ai toujours refusé de les revoir. Pour moi, cette période est derrière moi, maintenant je veux vivre une vie normale.

— Vous avez une idée de la valeur de la statuette ?

— Oui et non, je vous explique. Comme elle est arrivée en camion blindé, ce qui n'était jamais arrivé avant et à la vue des précautions que prenait la direction pour la sécuriser, tout le monde a deviné qu'elle était d'une grande valeur.

— C'est une bonne déduction. Parmi tout le personnel qui travaille dans cette galerie, vous êtes le plus ancien, je crois ?

— Oui cela fait dix ans, Monsieur Sens est le deuxième propriétaire de la galerie. Le premier, celui qu'il l'a créé, n'a pas réussi à la rendre viable.

— Justement, vous savez si Monsieur Sens, arrive financièrement à s'en sortir ?

Il hésita.

— Je ne sais vraiment pas. Il est vrai que nos salaires ont toujours été payés à temps, mais …il hésita un court instant « Bon, ce que je vais vous dire doit rester entre nous ! » *(Je sais, vous trouvez que l'on me fait facilement des confidences. Je n'y peux rien, je suis comme cela, j'inspire confiance !)*

— Oui bien sûr !

— Il y a environ un mois, alors que je faisais le ménage dans les bureaux, en passant devant sa porte entrouverte, j'ai entendu le directeur parler au téléphone. Il disait « Non, si vous faites cela, je ne pourrai plus payer les salaires et je serai obligé de fermer la galerie ». Je n'ai plus entendu la suite car il a claqué sa porte pour poursuivre sa conversation sans être écouté.

— Vous avez une idée à qui il parlait ?

— Non, je ne sais pas, mais après il est sorti du bureau, il était tout blanc. Je lui ai demandé s'il allait bien, il ne m'a même pas répondu, il avait l'air furieux. Je l'ai vu par la fenêtre prendre sa voiture au parking et partir à toute allure.

— Le vol tombe mal pour la galerie alors ?

— Oui, d'après ce que j'ai entendu on le dirait bien ! Et je pense que si la police ou vous ne retrouvez pas la statuette, j'ai bien peur qu'elle soit en difficulté et que certains d'entre nous perdent leur travail.

— Justement, revenons à ce vol. Comme vous y travaillez depuis des années, vous connaissez bien la galerie et les systèmes d'alarme. Avez-vous une idée de la façon dont le voleur a pu y entrer sans être vu ?

— Non, absolument pas, c'est même incompréhensible, surtout avec les installations de sécurité que Monsieur Sens a fait installer après avoir racheté la galerie et qui venait compléter les contacteurs d'ouverture existants.

— Tout en discutant avec vous, il me revient en tête une possibilité que j'avais mal développée. Si, dans l'après-midi du lundi, après votre départ, mais avant l'arrivée des invités, quelqu'un était entré dans la galerie comme visiteur et s'était introduit dans les réserves au sous-sol, j'ai vu que la porte n'était jamais fermée à clé, il aurait pu alors facilement s'y cacher et attendre. La nuit venue, il remonte, ouvre le coffre avec le code qu'il a obtenu d'une manière ou d'une autre, puis redescend avec son butin pour attendre le matin, afin de ressortir quand la galerie est ouverte. Et en plus il devait bien se douter qu'après la découverte du vol, il y aurait beaucoup d'allées et venues et qu'il pourrait facilement se mélanger à ce va-et-vient pour sortir sans se faire remarquer.

Il réfléchit à cette idée un long moment.

— Oui, le voleur pouvait très bien rester caché au sous-sol jusqu'à l'ouverture de la galerie. Cependant il aurait fallu qu'il passe devant l'agent de sécurité avec un grand sac pouvant contenir la statuette sans que celui-ci ne le remarque, c'est difficilement imaginable.

— Je suis d'accord, mais cela reste une possibilité, parce que je ne suis pas si sûr que l'agent de service l'aurait remarqué. Rappelez-vous, ce matin-là, il y avait tellement de monde qui entrait et sortait, qu'il ne devait pas faire attention à ce que les gens transportaient.

— Peut-être bien, mais cela est facilement vérifiable. N'oubliez pas que les caméras filment en permanence, donc en regardant les enregistrements, vous pourrez voir si une personne est sortie avec un gros sac.

— Vous avez raison, il faut que je vérifie ça en priorité, merci de votre aide et de votre à invitation à savourer cet excellent buffet. Je vous laisse en famille, au revoir et à bientôt.

Je quittai la maison quand les deux jeunes filles aux gâteaux me rattrapaient.

— Monsieur, Monsieur ! vous avez oublié vos pâtisseries et elles me donnèrent un gros sac rempli de douceurs.

— Mais, il y en a pour un régiment.

— Mais non, cela se mange tout seul et vous pouvez les garder plusieurs jours puis elles repartirent vers la maison aussi vite qu'elles étaient arrivées.

Aussitôt dehors, je téléphonai à René Sens sur son portable, il me répondit tout de suite

— Bonsoir Monsieur, c'est Gil Trouver. Veuillez m'excuser de vous déranger aussi tard, cela ne sera pas long, je n'ai qu'une question à vous poser. Gardez-vous les enregistrements vidéos sur plusieurs jours ?

— Oui, ils sont archivés automatiquement dans notre système informatique et sont conservés une dizaine de jours. Pourquoi me demandez-vous ça ?

— J'aurais aimé voir les vidéos du mardi, c'est possible ?

— Oui, mais n'oubliez pas que le vol a eu lieu dans la nuit de lundi au mardi.

— Oui je sais, mais j'aimerais quand même voir toutes les personnes qui sont entrées et sorties durant cette journée.

— Bien, je ne vois pas en quoi cela peut vous aider, mais venez lundi, je vous les donnerai.

— J'aimerais bien, si c'est possible, les avoir avant. Je peux même passer à la galerie demain matin pour les récupérer si vous voulez.

— Non, ce n'est pas possible, je pars demain en voyage d'affaires et ne serai à mon bureau que lundi. Mais, comme je suis encore chez moi, je vais accéder au serveur de notre système informatique et vous envoyer un lien sur votre courriel pour télécharger directement de notre serveur, les vidéos enregistrées ce jour-là. Vous saurez comment faire pour les télécharger ?

— Oui, je pense pouvoir y arriver. Merci !

Je regagnai ma voiture, Léon m'attendait assis sur mon siège avec sa tête des mauvais jours, il se faisait tard et il voulait vite rentrer chez lui mais l'odeur des pâtisseries l'attira et il changea de comportement et se colla à moi tout le temps de la route.

Chapitre 10

En arrivant chez nous, je me jetai tout de suite sur mon ordinateur pour lire mes courriels. René Sens avait tenu parole et avait très vite réagi car le lien était bien là. Je lançai le téléchargement et m'occupai en attendant de mon gros Léon que j'entendais secouer sa gamelle dans tous les sens pour me dire qu'il avait faim. Je lui servis une gamelle pleine de ses croquettes favorites qu'il dévora d'un trait et pourtant il avait durant notre trajet de retour, déjà englouti trois gâteaux bien gras et bien sucrés, qu'il avait fini par soutirer à force de grattements insistants et énergiques sur ma jambe, de gros soupirs de tristesse et de mimiques de "pôvre chien" que l'on ne nourrit jamais. *(Les maîtres de ces rois de l'esbrouffe me comprendront !)*

Mon devoir accompli, je me remis au travail et repris mon tableau pour le compléter avec les nouveaux éléments obtenus dans la journée. Puis, le téléchargement terminé, je décompressai le fichier contenant les vidéos de surveillance et pus regarder les allées et venues de la journée du mardi. Malheureusement, ce visionnage m'informa que personne n'était sorti de la galerie en transportant un sac assez grand pour contenir la statuette et cela mit à terre toute mon élucubration mentale de l'après-midi.

Il fallait que je me concentre de nouveau sur les seuls éléments que j'avais et je voulus partager mes réflexions avec mon compère canin.

— Alors Léon, après avoir rencontré Sabri et discuté avec lui, je pense que l'on peut le rayer de la liste des suspects, tu ne crois pas ?

Léon semblait d'accord avec moi, il remuait la queue et avait l'air tout guilleret. Je compris très vite que ce n'était pas ce que je racontais qui l'intéressait, c'était le sac de gâteaux qu'il lorgnait. Dépité par la conduite non professionnelle de mon acolyte, je lui donnais deux makrouts pour qu'il me laisse me concentrer en paix.

Je repris seul mes réflexions.

C'était assurément un vol qui avait été mûrement pensé et préparé bien avant l'arrivée de la pièce maîtresse de l'exposition par une personne qui connaissait parfaitement la valeur de la statuette, le fonctionnement des systèmes de sécurité et le code du coffre. Une fois posées ces certitudes, il en ressortait une évidence : le voleur ne pouvait être que l'un des trois de la direction. Il ne me rester qu'à trouver lequel et comment il avait déjoué les systèmes de sécurité, en intégrant le fait qu'après le test du mixeur sur le lave-vaisselle en marche, j'étais maintenant certain que la coupure de courant avait été sciemment provoquée.

C'est avec tout cela en tête que je restais une partie de la soirée à retourner dans tous les sens les indices que j'avais en main, les éléments horaires attestés et les informations données par chacun, pour imaginer les différents scénarios qui en découlaient.

Aidé par les souvenirs de la discussion de l'après-midi et la relecture minutieuse de mes notes, d'un coup, les pièces du puzzle s'emboîtèrent presque correctement, mais il fallait que je trouve la réponse à une dernière question pour confirmer ce travail neuronique et croyez-moi, j'avais hâte d'être au lendemain.

Après une courte nuit et sachant que René Sens était absent de son bureau, je choisis d'aller de bon matin le surprendre chez lui avant son départ en voyage. J'avais besoin d'une confirmation de sa part pour finaliser ma théorie mais j'étais un peu nerveux car je n'avais pas encore trouvé le moyen d'aborder le sujet qui me préoccupait.

Le petit château, où il vivait avec sa mère, était visible à des kilomètres, perché en haut d'une colline et ressemblait au château de Neuschwanstein en Allemagne, en beaucoup plus petit car il n'est pas facile de rivaliser avec la folie des grandeurs de Louis II de Bavière. Je m'arrêtai devant un grand portail en fer forgé qui interdisait l'entrée de la propriété et descendis pour sonner à l'interphone encastré sur un des poteaux de pierre. Une voix cérémoniale m'avertit que j'étais au château de la Comtesse Elvire de Sens et me demanda de me présenter et de donner la raison de ma visite. Après avoir décliné mon identité, mon activité professionnelle et expliqué souhaiter rencontrer Monsieur René Sens, la voix me répondit que Monsieur le Comte, René de Sens, en insistant sur la particule omise, était absent et on raccrocha. Déçu par cette réponse, je regagnai ma voiture, quand j'entendis une petite voix aiguë dans l'interphone.

— Entrez, je vais vous recevoir et le portail métallique s'ouvrit en grand.

La surprise de cette invitation à pénétrer dans le château alors que le châtelain était absent titilla ma curiosité. *(Je suis d'accord avec vous, ma curiosité est beaucoup trop titillée dans cette aventure !)* Je remontai vite fait dans ma voiture, pris la grande allée qui s'offrait à moi pour aller me garer juste devant le château de "la Belle au bois dormant" *(petit clin d'œil au(x) lecteur(s) de ma précédente enquête).* Son architecture était assez particulière, pour ne pas dire démente, le château vu de près était plus petit qu'attendu, avec la particularité d'avoir des murs recouverts d'un crépi rose bonbon. Il était composé d'un bâtiment central dominé par un donjon de château fort sur lequel flottait au vent un grand drapeau, orné des armoiries que j'avais vues sur la cravate du directeur lors de notre première rencontre *(je suis certain que vous vous en souvenez aussi !)*. Il avait plusieurs tours rondes de hauteurs différentes, surmontées de toits de tuiles vertes en forme de mine de crayon.

Je montai les quelques marches jusqu'à l'imposante porte qui s'ouvrit devant moi et un majordome, type "Nestor" des aventures de Tintin *(Vous avez remarqué, je suis en plein Tintinophilie en ce moment !)* me fit entrer. Il me désigna un coin de cette immense hall où étaient disposés quelques sièges pour les visiteurs.

— Madame la Comtesse vous prie de l'attendre, elle se prépare. Je vous saurai gré de bien vouloir me donner votre carte de visite.

J'en dégotai une, pas trop froissée, dans le fond d'une de mes poches et lui tendis. D'un air dégoûté, il la prit du bout des doigts et disparut en un éclair.

Je contemplai l'endroit de mes yeux ébahis, il y avait un grand escalier de marbre qui desservait le premier étage par de grandes marches blanches et pendant majestueusement au plafond, un lustre énorme, qui remplirait facilement le volume de mon salon, reflétait la lumière sur ses larmes prismatiques en cristal, telles de magnifiques kaléidoscopes. De splendides meubles couraient le long des murs agrémentés de bougeoirs tarabiscotés, ils étaient surmontés de grands tableaux accrochés sur les murs, représentant les nobles ancêtres de la maison. La décoration était digne des dessins animés de Walt Disney, tous les murs étaient de couleur rose et la dorure qui recouvrait le maximum de surface possible, réverbérait dans tous les sens, les rayons lumineux colorés émanant du lustre, donnant à cet endroit une luminosité très particulière de conte de fées.

Nestor interrompit ma contemplation.

— Suivez-moi, Madame la Comtesse va vous recevoir.

Il m'emmena jusqu'à un grand bureau, où, lisant ma carte de visite d'une voix forte, il m'introduisit d'un très classe « Môsieur Gil Trouver, détective privé. » J'entrai et fus accueilli par une toute petite bonne femme, toute maigre, qui se tenait bien droite, accrochée fermement à son déambulateur.

— Entrez, je suis ravie de vous voir, je voulais justement m'entretenir avec vous.

Cela valait le coup d'avoir attendu aussi longtemps qu'elle se prépare, le résultat était totalement en adéquation avec le style du château et de la décoration intérieure. Elle était toute de rose vêtue et couverte de bijoux arborant des pierres précieuses de toutes les couleurs. Des bijoux, elle en avait partout, elle portait de grosses bagues à chaque doigt, plusieurs bracelets de tailles différentes à chaque poignet et de gros colliers de perles pendaient à son cou. Visiblement, le poids de cette onéreuse parure dépassait allègrement celui de la petite dame, tant elle courbait l'échine.

— Asseyez-vous, jeune homme.

C'est sûr que nous étions tous jeunes à côté d'elle.
Elle devait approcher les cent vingt ans au regard de
sa peau toute plissée. Elle était d'une blancheur cada-
vérique, "la vieille au bois dormant" devait attendre
le prince charmant depuis belle lurette pour lui enlever le sort qui la faisait ressembler à un crapaud *(OK,
ce n'est pas tout à fait l'histoire, mais, soyez indulgents avec
moi).*

Après m'avoir accueilli élégamment à l'entrée de
son bureau, elle entreprit courageusement de faire le
tour de son bureau pour rejoindre son fauteuil. Elle
se pencha légèrement vers l'avant de son déambulateur, le tenant comme on tient un guidon de moto,
et démarra en trombe dans un cliquetis infernal de
ses hanches en titane et s'éloigna, laissant sur le sol
des traînées de caoutchouc venant des pieds de l'engin. Malgré la masse de ses bijoux et le poids des années, elle avançait à pas cadencés, tapant méchamment son engin de locomotion sur le parquet de
bois. Elle accompagnait le mouvement par de gros
soupirs d'effort, suivis de longs moments de repos

où elle reprenait son souffle, recréant le bruit du soufflet des anciennes forges. Cela dura une éternité avant qu'enfin elle ne s'écroulât sur son fauteuil, épuisée par l'effort. Pendant la bataille, la perruque qui n'avait pas tenu le coup penchait dangereusement sur un côté et son dentier qui avait pris certaines libertés durant ce crapahutage, avait du mal à revenir en place, lui faisant un museau de chimpanzé.

Après cette prouesse et un bon coup sur ses prothèses dentaires pour les remettre en place, elle me dit.

J'ai appris que vous enquêtiez sur le vol de la statuette qui a eu lieu dans la galerie d'art de mon fils.

— Oui, il me l'a demandé, car selon ses dires cette affaire pourrait porter préjudice à la galerie et il a besoin d'une réponse rapide pour rassurer ses clients.

— Ce vol, c'est le coup de grâce, mon bon monsieur. Mon plus jeune fils est un bon à rien par rapport à ses aînés. Déjà que son affaire n'allait pas bien, maintenant il est sûr que jamais la galerie ne se remettra d'un tel événement, plus personne ne lui confiera de nouvelles œuvres à exposer. De toute façon, c'est une bonne chose, cela va précipiter la fermeture de ce gouffre financier. Depuis que je lui ai acheté cette galerie, il n'a jamais été capable de me présenter un plan comptable digne de ce nom ni même de solutions pour sortir de cette impasse budgétaire. C'est pourquoi je lui ai déjà dit que j'arrêtais de mettre de l'argent dans son affaire.

— Quand lui aviez-vous annoncé ?

— Oh, il y a bien un mois. Et je lui ai demandé de fermer cette galerie au plus tôt et si possible avant la fin de l'année.

— Il a bien accepté votre décision ?

— Oh ! que non, je lui ai annoncé un matin au téléphone, après avoir découvert sur mon bureau un nouveau paquet de factures pour sa galerie avec juste un petit mot en majuscules " FACTURES À PAYER ". Cela a été la goutte d'eau qui a fait déborder le vase. Il est rentré tout de suite après pour discuter de cela avec moi mais je suis restée ferme sur ma décision.

Après ce long bavardage, elle reprit son souffle quelques instants et poursuivit.

— Mais je n'ai pas voulu vous rencontrer pour vous parler de la comptabilité de mon fils. Je vous ai fait entrer pour vous dire que je souhaite ardemment que vous meniez à bien votre enquête. Cette statuette appartient à l'une de mes connaissances qui a fait le choix de la galerie de mon fils pour la vendre, en croyant me faire plaisir. Mais depuis ce vol, je suis dans une position délicate vis-à-vis d'elle et la retrouver serait la meilleure solution pour tout le monde. N'ayez crainte, je vous paierai directement pour votre enquête et vous rembourserai tous les frais que vous pourriez engager. Trouver comment le vol a été commis serait déjà une bonne chose pour les assurances mais c'est le cadet de mes soucis. Ce qui compte pour moi, c'est que cette statuette soit retrouvée au plus vite. Peu importe la manière, si vous y arrivez, je vous promets une jolie prime, cela vous va ?

Je n'en demandai pas tant, mais il fallait absolument retrouver cette statuette car financièrement cette affaire devenait très intéressante. Et comme je n'avais rien à perdre en acceptant cette proposition.

— Oui cela me va mais c'est une affaire très complexe.

— Taratata, quand mon fils m'a parlé de cette enquête et m'a donné votre nom, j'ai tout de suite fait appel à mes contacts dans la police pour me renseigner à votre sujet et on ne m'a dit que du bien sur votre travail *(voir ma précédente enquête "la fourchette à gâteux" pour vous en convaincre)* alors je compte sur vous !

— Bien, je vais faire de mon mieux

— Je n'en attends pas moins !

Elle appuya sur le bouton de l'interphone posé sur son bureau, la voix de Nestor se fit entendre.

— Oui, Madame ?

— Nous en avons terminé, vous pouvez raccompagner notre invité.

Puis elle prit un document sur son bureau et fit semblant de le consulter, mettant ainsi fin à toute discussion.

Je n'entendis pas la porte s'ouvrir ni les pas de "Nestor" et je fus surpris d'entendre sa voix caricaturale de serviteur zélé juste derrière moi.

— Si vous voulez bien me suivre.

Je saluai la princesse de bande dessinée d'un :

— Au revoir, madame la comtesse, merci de m'avoir reçu.

Elle ne me répondit pas. Telle une représentation en cire du musée Grévin, elle était toujours figée dans la même position faisant mine de consulter son document ou alors elle s'était endormie ou pire elle avait passé l'arme à gauche. Le majordome, devant mon air interrogatif sur l'attitude de sa patronne, me fit comprendre d'un sourire amusé que je ne devais pas m'en faire et il me fit signe de le suivre et me raccompagna jusqu'à la sortie.

Arrivé à la porte qu'il ouvrit en grand, il me dit :

— J'ai prévenu Monsieur le Comte que vous avez voulu le rencontrer. Il m'a répondu que vous pouviez l'appeler qui si c'était absolument indispensable, sinon il vous recevra lundi à la galerie.

— Merci pour ce renseignement, au revoir.

Je regagnai mon carrosse et le diablotin ronfleur qui y habitait.

Aussitôt dans ma voiture, j'appelai le directeur. Après quelques sonneries, il décrocha.

— Allo ?

— Bonjour, Monsieur, c'est Gil Trouver, le détective.

Il me répondit d'un ton impatienté.

— Que me voulez-vous, j'avais demandé que vous m'appeliez que si c'était vraiment nécessaire, j'espère que c'est le cas.

— Oui, je vous assure que c'est important et qu'il faut que nous discutions rapidement.

— Bon, dites-moi ce que vous avez à me dire.

— Non, pas au téléphone, il faut que je vous en parle directement.

— Avez-vous trouvé comment le cambrioleur est entré dans la galerie ?

— Oui, c'est pour cela que je souhaite vous rencontrer.

— Je suis en province pour une réunion capitale pour la galerie, cela peut certainement attendre mon retour.

— Non, mais si vous voulez, je peux vous rejoindre sur place, j'ai juste besoin que vous m'accordiez quelques minutes de votre temps afin de vous exposer de quelle manière, à mon avis, le voleur c'est introduit dans la galerie et a réussi à déjouer vos systèmes de sécurité. Vous comprenez l'urgence !

— Bien, si vous pensez qu'il faut agir vite, alors … et en réfléchissant à haute voix « comment faire pour nous rencontrer … »

Il hésita un long moment avant de me proposer :

— Bon, je suis dans un palace en Bourgogne pour le week-end, vous pouvez me rejoindre ce soir, j'ai un invité qui s'est désisté au dernier moment et j'ai une chambre et un dîner déjà payé dont vous pouvez profiter si cela vous intéresse.

— Oui, pourquoi pas. C'est une région que je connais peu. Je rentre chez moi prendre mes affaires et je prends la route pour vous y retrouver, j'arriverai en fin d'après-midi.

— Très bien, je vais prévenir la réception de votre arrivée. Par contre, auprès des autres, je vous présenterai comme un client potentiel, j'espère que vous vous y connaissez un peu en peinture et sculpture car les conversations risquent de porter là-dessus. Pour notre affaire, nous n'en parlerons tous les deux que lorsque nous serons seuls. Vous avez de quoi noter pour prendre l'adresse ?

— Oui, allez-y ! Il me donna l'adresse que je griffonnai prestement, « c'est noté et je me dépêche de prendre la route pour ne pas arriver trop tard. »

— Bien, mais n'oubliez pas que je compte sur votre discrétion en présence de mes autres invités.

— Ne vous inquiétez pas, je serai discret !

Chapitre 11

De retour à la maison, je préparai hâtivement mon sac de voyage et les affaires de Léon. En voyant mes préparatifs, il se mit à courir en rond dans l'appartement car il aimait bien partir en voyage et surtout il adorait passer tout le temps du voyage, couché à l'arrière de la voiture bercé par le ronron ennuyeux du moteur, mais le pauvre ne se doutait pas de la suite.

— Non, mon Léon, je suis attendu dans un grand hôtel et les chiens ne sont certainement pas autorisés dans ce genre d'établissement, je te prépare ton barda parce que tu vas aller chez ta "nounou".

À ce mot, il comprit qu'il ne ferait pas partie de l'expédition et alla bouder de mécontentement dans son panier.

Une fois mon sac de voyage bouclé et après leur avoir passé un coup de fil, j'allai déposer Léon chez les gardiens de ma résidence *(vous les connaissez, rappelez-vous ma première enquête "Le chat slave", si vous vous rappelez bien, cela n'avait pas très bien commencé entre nous).*

Avant même de me saluer, la gardienne s'adressa à mon ami canin.

— Bonjour Léon, alors ton Papa t'abandonne ! Pour toute réponse, il passa entre ses jambes et fila directement dans leur appartement sans même se retourner, il était vraiment déçu de ne pas m'accompagner.

Elle se retourna vers moi

— Bonjour Monsieur Trouver ! Eh ben, il n'a pas l'air d'être content que vous partiez sans lui.

— Oui, il me fait la tête depuis qu'il a compris. Comme je vous le disais au téléphone, je suis invité pour une nuit dans un grand hôtel, je ne peux pas l'emmener avec moi. Je le reprendrai demain soir, ça vous va ?

— Il n'y a pas de problème, nous ne bougeons pas du week-end. Vous m'avez bien mis toutes ses affaires et surtout ses croquettes ?

— Oui, il y a tout, j'ai bien vérifié son paque-
tage. Merci encore de le garder.

Je retrouvai ma voiture et pianotai sur mon "système de positionnement global" pour enregistrer
l'adresse de l'hôtel. Quelques secondes de calcul plus
tard, s'afficha sur l'écran de l'appareil le trajet et je
pris aussitôt la route pour ce périple inédit.

Après avoir suivi scrupuleusement les indications de mon copilote numérique, je m'arrêtai devant
l'hôtel qui était situé sur le bord d'une grande route
en sortie de ville. Je me présentai à la réception où
après vérification, on me donna la clé de ma
chambre. Elle était située au premier étage du bâtiment, c'était une belle et grande chambre avec tout
le confort que l'on s'attend à trouver dans ce genre
d'établissement.

La chambre donnait sur une grande terrasse, j'ouvris la porte-fenêtre et admirai le paysage. En contrebas coulait une large rivière et le soleil couchant sur
ma droite apportait sur l'eau de jolis reflets orangés.
Cette vision, après les affres de la grande ville que

j'avais endurées ces derniers jours, était des plus reposante. On m'avait prévenu que le dîner avait été réservé pour vingt heures, j'avais le temps d'aller voir sur internet et mettre à jour mes faibles connaissances en art. J'y passai pas mal de temps, tant le sujet était intéressant et ce ne fut que la sonnerie du téléphone qui réussit à me sortir de mes recherches, pour m'avertir que l'on m'attendait dans le salon pour l'apéritif.

Le salon était en face de la réception. Monsieur Sens m'attendait avec trois autres personnes, une femme et deux hommes. Il me présenta à eux.

— Voici Monsieur Trouver, qui, je l'espère, deviendra bientôt un acheteur et certainement un ami comme vous.

Chacun se présenta et y alla de sa petite phrase de bienvenue.

On s'assit dans de gros fauteuils moelleux et un serveur vint s'enquérir de notre commande.

— Apportez-nous une bouteille de champagne tout simplement, lui lança René Sens, « c'est bon pour tout le monde » en nous regardant.

Tout le monde était d'accord avec ce "simple" choix. *(C'est un autre monde je vous dis !!)*

L'atmosphère se détendit complètement quand la deuxième bouteille fut finie.

L'un des participants m'interpella.

— Alors Monsieur Trouver, vous qui êtes un amateur des beaux-arts, quel est votre préférence, la peinture, la sculpture … ? Dites-nous tout !

Je répondis, sous le regard anxieux de Monsieur Sens.

— Je ne suis qu'un simple amateur passionné et je m'intéresse aux peintres du 19ème siècle jusqu'au début du 20ème. Les peintres de grande renommée de cette époque étant totalement inaccessibles à mes finances, je souhaiterais plutôt acquérir des tableaux de peintres moins connus, comme Firmin-Girard, Auguste Hagborg ou Philip Alexius par exemple. Ce sont des œuvres que l'on peut trouver à des prix abordables dont la cote peut encore monter.

— Auguste Hagborg c'est un peintre allemand ? me demanda t'il.

Cela sentait le piège à plein nez, mais j'avais bien retenu ce que j'avais lu.

— Non, c'est un peintre suédois qui est décédé à Paris en 1921, si mes souvenirs sont bons. J'adore ses représentations de scènes côtières inspirées par la Normandie ou la Bretagne et ses peintures de paysans ou de marins sont tellement criantes de vérité qu'elles m'impressionnent et j'espère bien un jour en découvrir en vente à la galerie de Monsieur Sens.

Alors là, je l'avais scotché le René Sens. C'était un moment qu'il devait redouter, il ne pensait certainement pas que je m'en sortirais aussi bien, mais il ne fallait pas aller plus loin pour que je reste crédible, c'est pourquoi je relançai fissa la conversation vers un autre convive.

— Et vous, quelle époque vous intéresse ?

La conversation dura un bon moment quand elle fut interrompue par le maître d'hôtel qui nous demanda de passer à table.

J'avais pris le temps de me renseigner un peu plus sur cet établissement et j'avais été agréablement surpris d'apprendre que le "chef" du restaurant était un chef étoilé par le guide Michelin, dont je connaissais la renommée sans jamais avoir eu la chance de déguster sa cuisine. Quelle occasion extraordinaire de manger à une table si prestigieuse, que cette enquête m'apportait sur un plateau. *(Je n'allais pas la louper celle-là)*

Et je ne fus pas déçu, car le dîner fut éblouissant. Amuse-bouche pour commencer, suivi d'un foie gras de canard accompagné d'une gelée de citron servi avec un pain toasté aux baies de Timut, le tout présenté sur une grande assiette joliment décorée. Ensuite vint le fameux homard "pattes bleues" grillé servi avec sa sauce au safran et je poursuivis avec le plat signature du chef, un boudin noir fait maison comme je n'en avais jamais savouré, un délice qui fondait en bouche, accompagné d'une purée mousseline à l'ancienne, à tomber.

Malgré mon ventre déjà bien plein, je réussis quand même à savourer les succulents fromages présentés sur un énorme chariot qui passait de table en table, conduit de main de maître par une excellente ambassadrice de ces préparations laitières. *("Un repas sans fromage est une belle à qui il manque un œil " disait Brillat-Savarin… C'était la séquence culturelle !)*

Mais je n'en avais pas fini, arriva un merveilleux dessert chocolaté d'une structure étonnante qui ravit le bec sucré que je suis. Tout ce repas était accompagné de vins rouges et blancs délicatement sélectionnés par le sommelier. Le café et les digestifs, accompagnés de petites douceurs, furent servis dans le salon ou le chef vint nous saluer et entendre nos louanges très largement méritées.

Mes compagnons d'un soir étaient très sympathiques et avaient, heureusement pour moi, d'autres sujets de conversation que l'art et c'est ainsi que la soirée de papotage se poursuivit jusqu'à tard dans la nuit. Comme René Sens et moi-même étions trop fatigués pour tenir notre discussion prévue, on décida de la remettre au lendemain.

Après une bonne nuit dans ce lieu calme et reposant, on se retrouva tous les cinq au petit déjeuner et malgré le repas pantagruélique de la veille au soir, je profitai pleinement de ce qui était proposé et terminai par une salade de fruits afin de digérer plus facilement le tout *(l'espoir fait vivre)*.

Les autres voulaient profiter des joies de la piscine et du spa mais Monsieur Sens déclara qu'il préférait lire dans sa chambre en attendant le déjeuner et pour ma part je déclinai l'invitation à les suivre prétextant un rendez-vous en fin de matinée. Les trois autres partis pour leurs jeux aquatiques, Monsieur Sens me proposa de le suivre dans sa chambre afin d'avoir l'entretien que j'avais sollicité pour lui faire part de l'avancée de mon enquête.

Il ouvrit sa chambre et nous fûmes accueillis par un petit aboiement. Je reconnus la fameuse "Poupette" vue sur les photos dans son bureau. Elle accueillit son maître par des jappements joyeux, puis en me voyant entrer à la suite de son maître, se rua vers moi pour me faire la fête.

Je me penchai vers elle et tout en papouillant la petite boule de poils.

— Ils acceptent les chiens dans cet hôtel ?

— Oui, ils sont les bienvenus et cela tombe bien, car Poupette aime bien les balades le long de la rivière.

— Ah, je ne le savais pas, j'aurais pu emmener mon chien avec moi pour qu'il profite aussi de cet endroit magnifique.

— C'est dommage, vous auriez dû me le demander, mais vous, avez-vous apprécié cet hôtel et ses environs ?

— Oh ! oui, l'endroit est splendide, le dîner était succulent et la chambre est confortable et calme, tout est parfait. Je vous remercie franchement de cette invitation.

— Oui c'est un endroit plaisant et l'on y mange fort bien. Je vous prépare un café ?

— Oui, pourquoi pas.

Il prit deux capsules de café et nous les prépara avec la machine à disposition dans la chambre. Le temps de la préparation, nous restâmes silencieux.

Il posa les deux tasses sur la table basse, m'invita à prendre un siège et s'assit en face de moi, sa petite chienne se coucha à ses pieds.

— Alors, si j'ai bien compris, vous pensez avoir découvert comment ce vol avait été commis ?

— Oui, je crois bien avoir trouvé le mode opératoire du voleur.

— Ah bon ! j'ai hâte d'entendre vos explications.

Je bus doucement mon café, reposa la tasse dans sa soucoupe et pris la parole.

— Pour moi, le vol a été commis durant la coupure de courant.

— Non, là je vous arrête tout de suite, c'est impossible, vous savez bien que les portes sont verrouillées quand il n'y a pas d'électricité.

— Oui, je le sais, mais pourtant, le voleur n'attendait que cela pour entrer dans la galerie.

— Mais sur les vidéos, on ne voit personne qui attend sur le parking !

— Il devait patienter loin de la caméra jusqu'à ce que l'éclairage de la galerie s'éteigne, il savait alors que les systèmes d'alarme étaient devenus inopérants et qu'il pouvait agir sans être repéré.

— Et comment a-t-il fait pour entrer ?

— En poussant tout simplement la porte, car il avait pris soin de bloquer la serrure de la porte donnant sur le parking, pour empêcher son verrouillage.

— Vous ne trouvez pas qu'il a eu beaucoup de la chance pour être là au moment du court-circuit ?

— Non, car c'est le voleur qui l'a provoqué !

— Comment cela ?

— C'est lui qui a enlevé un des pieds en caoutchouc du mixeur et qu'il l'a placé en équilibre au bord du lave-vaisselle, il savait qu'avec les vibrations de l'engin, l'appareil allait tomber dans l'évier plein d'eau, créant la coupure générale.

— Si je comprends bien, vous insinuez qu'il était parmi nous le soir du vernissage, qu'il a mis en place ce que vous venez de me raconter afin de provoquer un court-circuit pour mettre hors service notre système de sécurité et qu'ensuite il a bloqué la serrure de la porte donnant sur le parking pour qu'elle ne se verrouille pas ?

— Oui c'est exactement ça ! Et comme je vous l'ai expliqué, quand il y a eu la coupure d'électricité, il est entré de nouveau en poussant cette porte.

— Mais à ce moment il y avait un garde dans les locaux !

— Oui, mais je pense qu'il a attendu que le garde monte à l'étage à la recherche de ce qui avait pu provoquer le court-circuit, pour aller ouvrir le coffre.

— Vous pensez avoir tout découvert, on dirait ?

— Oui, je crois bien avoir trouvé les réponses à toutes les questions que je me posais.

— Avez-vous prévenu l'inspecteur de police de l'avancée de votre enquête et de ce que vous en avez déduit ?

— Non, c'est vous mon client, c'est à vous que j'en parle d'abord. Mais, vous ne me demandez pas comment le voleur a fait pour bloquer la serrure ?

— C'est vrai, alors comment a-t-il fait ?

— Il a utilisé un glaçon qu'il a coincé dans la serrure interdisant au pêne de se fermer. C'était extrêmement malin, car après avoir positionné le glaçon, la porte s'est bien refermée mais sans être verrouillée, et les contacts sur le chambranle ont bien été activés trompant le système de sécurité qui l'a enregistrée comme sécurisée. Bien sûr, nous n'en avons pas trouvé de trace au matin puisque le glaçon a fondu doucement dans la nuit.

— S'il n'y avait pas de trace, alors comment pouvez-vous affirmer ce que vous dites ?

— À cause du verre solitaire !

— Un ver solitaire ?

— Non, un verre qui avait été laissé près de la porte du parking.

— C'est un des invités qui a dû le poser là.

— Impossible, car c'est un verre à digestif et ils n'ont pas été utilisés pour cette réception.

— Alors, il a peut-être été posé à cet endroit dans la matinée, longtemps après le vol.

— Non, il était déjà là lorsque les policiers sont arrivés, il est présent sur les photos des premières constatations qu'ils ont effectuées.

Je sortis de ma poche une des photos que la police avait prise pour lui monter.

— Vous voyez, le petit verre est bien là, en le pointant du doigt.

Il la regarda attentivement.

— Oui, on le voit bien, mais quel rapport il y a entre ce verre et cette histoire de glaçon ?

— J'ai remarqué que le réfrigérateur du bar faisait des glaçons.

— Oui il n'y a rien de plus normal et nous en avons besoin pour les proposer à nos invités lors de nos réceptions.

— Oui, mais c'est dans ce frigo que le voleur en a pris un, et pour le transporter facilement jusqu'à la porte du sous-sol, il l'a mis dans ce verre à digestif qu'il a pris dans le placard derrière le bar. Et quand le matin je l'ai trouvé, il restait encore un peu de liquide incolore au fond, liquide que j'ai goûté et c'était de l'eau. C'est en relisant ce détail mentionné dans mes notes, que j'ai compris comment il avait fait.

— Bravo, il ne vous reste qu'à trouver le coupable alors !

— Non, je le connais.

— Mais alors, qui est-ce !

(Le roulement de tambour habituel ... Bon je sais que vous êtes malins et comme moi vous connaissez le nom du voleur, mais j'espère qu'il vous reste quelques incertitudes tout de même)

Chapitre 12

— Eh bien c'est vous !

Il fut abasourdi par mon accusation et resta silencieux un bon bout de temps avant de répondre avec vigueur.

— Mais cela pourrait être José, il fait du trafic de cigarettes avec l'Espagne, il est peut-être passé aux cambriolages, ou alors Maud qui aurait voulu quitter sa vie triste, ou encore plus envisageable, Sabri. Savez-vous qu'il a eu à faire à la police dans sa jeunesse et il a même fait de la prison.

— Oui, Monsieur Sabri Kole me l'a appris. Mais je ne pense pas qu'il prendrait le risque de replonger dans la délinquance, il doit s'occuper de sa mère qui est handicapée et ne risquerait pas la prison de peur de la laisser seule. Pour Madame Maud Ernarte, sa vie est bien plus remplie que ce que vous pensez et je suis vraiment sûr qu'elle n'a pas envie d'en changer. Quant à Monsieur José Spéré avec son équipe de bras cassés avec laquelle il fait ses combines, il serait bien incapable de mettre sur pied un tel cambriolage. Non franchement, il ne reste que vous.

— C'est une accusation sans aucune preuve !

— Mais j'ai une preuve matérielle irréfutable !

Je sortis de ma poche un sachet plastique et sortis délicatement à l'aide de mon mouchoir le verre à digestif qui était dedans et le posa sur la table.

— Vous reconnaissez ce verre ?

Il ne répondit pas.

— C'est le fameux "verre solitaire", celui que j'ai trouvé près de la porte du sous-sol. Je suis certain que la police pourrait trouver vos empreintes dessus, prouvant que c'est vous qui avez bloqué la porte.

— Cela ne prouve rien, il doit y avoir un tas d'empreintes sur ce verre, y compris les miennes.

— Non, parce que les verres à digestif n'ont pas été utilisés lors de la réception. Monsieur Spéré m'a appris qu'en partant le vendredi soir, en prévision du vernissage, il a mis tous les verres au lave-vaisselle, y compris ces petits verres. En arrivant le lundi matin, il les a tous rangés dans le placard derrière le bar. En toute logique, il n'y a donc que ses seules empreintes sur tous les verres à digestif qu'il a rangés, sauf sur celui que j'ai retrouvé près de la porte, qui devrait avoir en plus, les empreintes de celui qui l'a utilisé pour transporter le glaçon et qui sont à n'en pas douté, celles du voleur ! … Et je pense que ce sont les vôtres.

— C'est une jolie démonstration de votre imagination, mais elle omet un point important : mon mobile. Vous ne trouvez pas que c'est complètement idiot de voler ma propre galerie, cela me fait trop de tort.

— Oui, c'est ce que l'on pense en premier, mais entre la fermeture définitive de votre établissement et une période économiquement difficile, le temps que tout le monde oublie cette mauvaise image causée par le vol d'une œuvre, vous avez fait un choix : sauver coûte que coûte votre galerie. Le voilà, votre mobile !

— Quelle drôle d'idée vous avez là, il n'a jamais été question de fermer la galerie, je ne sais pas qui a pu vous raconter ces sornettes.

— Et pourtant, c'est factuel ce que je vous dis ! Je sais maintenant que votre mère a décidé de ne plus vous soutenir financièrement et sans cela, votre entreprise n'est plus viable. C'est une information que j'ai eue dernièrement, mais je vous avoue que je ne savais pas comment en apporter la preuve. Heureusement cela a été beaucoup plus facile que prévu, puisque c'est elle qui me l'a confirmée.

— N'importe quoi, elle ne ferait jamais ça !

— Et pourtant, c'est bien elle qui m'a dit de vive voix qu'elle vous avait prévenu, il y a plus d'un mois, de sa décision.

Cette révélation lui cloua le bec, je continuai sur ma lancée.

— Je me doute qu'avec les factures qui arrivent et les charges à payer, ce n'était pas possible de tenir sans l'aide de votre mère. Il vous fallait trouver rapidement des associés prêts à investir dans votre galerie, mais vous aviez besoin de toute urgence de solutionner vos problèmes de trésorerie à venir pour leur présenter une comptabilité équilibrée. Vous voyez, j'ai détaillé votre mobile pour le vol, vous en avez eu l'opportunité et j'ai trouvé le modus operandi, en plus, cerise sur le gâteau, j'ai une preuve matérielle de ce que j'avance.

Après une intense réflexion pendant laquelle il resta muet et immobile, il se leva et se mit à arpenter la pièce, sa chienne se leva aussi et tourna avec lui autour de la chambre.

— Bravo, vous êtes un bon détective *(j'adore ces moments de franche vérité)* vous savez, j'ai fait cela parce que je n'ai pas trouvé d'autre solution pour obtenir rapidement des fonds et je suis à deux doigts de réussir. Les trois personnes que vous avez rencontrées hier soir veulent bien investir dans ma galerie. Et vous avez raison, il faut que je leur présente des finances saines et avec la revente de la statuette je peux y arriver. Tout le monde est gagnant, moi je sauve ma galerie, mes salariés gardent leurs emplois et le propriétaire de la statuette ne perd rien, il sera indemnisé par notre assurance. Maintenant, par votre faute, il faut que je renonce à tout cela !

Il continuait à tourner en rond dans la chambre sans rien dire et sa chienne qui en avait assez était partie se recoucher dans son couffin.

Dans sa ronde endiablée, il passa à côté de la table basse et d'un coup se jeta sur le verre et à l'aide d'un mouchoir qu'il sortit précipitamment de sa poche, l'essuya méticuleusement.

— Voilà, maintenant vous n'avez plus aucune preuve contre moi, c'est votre parole contre la mienne.

Cela me fit sourire.

— Vous m'avez engagé comme faire-valoir pour démontrer à vos clients, à votre mère et aux assurances que vous faisiez tout pour retrouver la statuette. Vous m'avez choisi car je paraissais beaucoup moins capable de mener à bien cette enquête que les gros cabinets d'enquêteurs privés que vous avez en ville. Je ne me trompe pas ?

— Oui, c'est vrai et je suis surpris que vous ayez trouvé la solution en quelques jours seulement, et cela avant même que j'aie pu revendre la statuette. Je suis conscient que c'est dommage pour vous d'avoir fait tout ce travail pour rien et j'en suis véritablement désolé, me dit-il d'un air goguenard.

Et il se rassit tranquillement en poursuivant.

— Soyez beau joueur. C'est fini, vous avez perdu la partie, vous avez sous-estimé ma réaction en me montrant ce verre. Maintenant rentrez chez vous et envoyez-moi votre facture, je vous la paierai quand j'en aurai les moyens.

Pour toute réponse, je pris mon smartphone et pianotai sur l'écran.

Il me regarda en haussant les épaules.

— Ne prenez pas la peine de prévenir la police, sans preuve, jamais ils ne vous croiront.

Je pris le temps de finir l'action entamée sur mon écran avant de glisser mon téléphone dans ma poche et je le regardai bien en face.

— Non je n'ai pas prévenu la police, je viens juste de mettre fin à l'enregistrement de notre conversation avec vos aveux complets et de l'envoyer à un ami. Je lui ai demandé de le faire parvenir demain matin à l'inspecteur de police chargé de l'enquête. Sauf si, bien sûr, je lui demande personnellement de ne pas le faire. Et pour votre gouverne, le verre que vous venez d'essuyer ne comportait aucune de vos empreintes, il vient directement du placard du bar de la galerie. Celui qui a vos empreintes bien visibles est toujours chez moi.

Il resta comme un c.., les yeux grands ouverts d'étonnement. Je poursuivis :

— Je comprends votre situation et c'est pour cela que je vous laisse trois jours pour que la statuette, par un heureux hasard, soit retrouvée. Passé ce délai, j'envoie le tout à la police.

Je me levai et sortis de ma poche une enveloppe que j'avais préparée avant de prendre la route et la lui posai sur la table.

— Voici ma facture et je vous demande de bien vouloir l'honorer au plus vite. Pour votre galerie d'art, je vous conseille de tout avouer à votre mère et par la même occasion, proposez-lui un projet chiffré avec vos futurs partenaires. C'est ce qu'elle attend et je suis certain qu'elle sera d'accord pour continuer à vous financer et ainsi vous sauverez votre galerie et les emplois qui vont avec.

Je lui tournai les talons et je sortis de la chambre en sifflotant.

Je retrouvai ma vieille voiture et une fois bien installé, je pris un malin plaisir à appeler l'enquêteur des assurances.

— Allo, Monsieur Jean Quête, ici Gil Trouver !

— Ah, bonjour Monsieur Trouver dites donc, vous êtes un forcené du boulot, vous travaillez même le samedi ! Ne dites rien, je sais pourquoi vous m'appelez, rassurez-vous, j'ai pensé à vous et je dois recevoir lundi les renseignements que vous m'avez demandés et je vous les communiquerai aussitôt, soyez en sûr. Pour information, j'ai appelé mes contacts auprès des receleurs, mais cela n'a rien donné, ils n'ont pas encore été approchés par le voleur. De votre côté, vous progressez dans la recherche du coupable et de la statuette ?

— Bien plus que cela, mon enquête est terminée ! Je n'ai plus besoin des renseignements que vous deviez me fournir.

— ………….

— Allo, M. Quète, vous êtes encore là ?

— Oui, mais je ne comprends pas ?

— Il n'y a rien de plus simple, vous pouvez arrêter vos recherches, la statuette va réapparaître dans quelques jours et les assurances n'auront rien à payer.

— Vous pouvez m'expliquer comment c'est possible ?

— Disons que mes investigations ont porté leurs fruits.

— Ah, vous ne voulez rien me dire !

— Oui, tout à fait ! Par contre, merci de ne pas divulguer cette information.

— D'accord, cependant, pour notre arrangement, si comme par enchantement la statuette réapparaît, ma compagnie ne versera pas la prime.

— Je suis désolé pour vous.

— Non, ce n'est pas pour moi, c'est ce que je vous avais promis qui tombe à l'eau.

— Ne vous en faites pas, pour mon travail je serais payé par mon client et cela me suffit.

— Je comprends, mais je me sens quand même redevable d'un service. Lors d'une de vos futures enquêtes, si vous avez besoin de renseignements auxquels j'ai accès, téléphonez-moi, je me ferai un plaisir de vous donner un coup de main.

— C'est noté, merci, Bon week-end !

— Bon week-end à vous aussi.

Je raccrochai. Maintenant, je savourais pleinement le moment en composant le numéro de l'inspecteur

Hicier. Il décrocha après plusieurs sonneries et avant même que j'ai pu en placer une,

— Bonjour Monsieur Trouver ! Heureusement que j'avais enregistré votre numéro car je ne travaille pas aujourd'hui et ne réponds qu'à mes contacts. Alors, vous m'appelez parce que vous avez une idée de quelle façon l'intendant a pu entrer dans la galerie en pleine nuit ?

— Non, ce n'est pas pour cette raison, c'est juste pour vous dire que la statuette sera retrouvée dans quelques jours !

Cela eut le même effet soporifique que sur l'enquêteur des assurances.

— ………………..

— Vous êtes toujours là, inspecteur ?

Il se reprit.

— Oui, oui. C'est la deuxième affaire sur laquelle nous nous retrouvons et encore une fois mon enquête s'arrête parce que tout est miraculeusement résolu, vous pouvez m'en dire plus ?

— Je vous en ai déjà trop dit et il faut rester discret pour l'instant.

— Ah ! … Je comprends, ce n'est pas officiel jusqu'à l'annonce de la réapparition de la statuette.

— Exactement.

— J'imagine que vous avez trouvé le voleur et que vous avez passé un arrangement avec lui pour qu'il restitue l'œuvre … Mais si vous avez trouvé le voleur, c'est que vous avez compris de quelle manière il est entré sans être repéré, cela m'intrigue vraiment, vous pouvez me dire comment il a fait ?

— Euh … Non, un jour peut-être. Si je vous fournis cette explication, vous êtes suffisamment malin pour découvrir le voleur par déduction, et ce n'est pas ce qu'il souhaite, vous pouvez vous en douter.

— Bon, tant pis pour moi. Je tiens quand même à vous féliciter.

— Merci, et je raccrochai.

ÉPILOGUE

Le lundi, ma banque m'avertit qu'un virement de la part de Madame la Comtesse Elvire de Sens, avait été fait sur mon compte. Ce virement prouvait qu'elle et son fils s'étaient expliqués et elle me réglait le montant de ma facture accompagné d'un très joli complément, elle avait tenu parole.

Le mardi matin un gros titre faisait la une du journal local :

"LA STATUETTE ÉTAIT DANS LA POUBELLE !"

Suivi d'un article :

"Ce matin nous avons appris avec surprise que la statuette de grande valeur qui avait été dérobée il y a quelques jours de la galerie d'art du centre-ville a été retrouvée dans les poubelles de celle-ci ! Nous avons interrogé, Monsieur René Sens, directeur et propriétaire de la galerie, qui nous a expliqué que la statuette avait été jetée par inadvertance dans un conteneur et se trouvait au milieu de papier et de cartons d'emballage. C'est en sortant celui-ci pour le mettre sur le trottoir qu'il l'a découverte, son regard avait été attiré par quelque chose de brillant au milieu des déchets !"

Quelques semaines après, je reçus un appel de Sabri qui m'apprit que la galerie d'art avait de nouveaux investisseurs et que des travaux importants de rénovation allaient être entrepris. Tout était bien qui finissait bien.

FIN

Pour ceux qui commencent un livre par la fin. *(Oui, il y en a qui ont cette fâcheuse habitude !)*
Le meurtre a été commis dans le bureau, par le professeur Violet, avec la corde. Satisfait ?
Maintenant, faites comme les autres et commencez par le début.

*
*   *

Gil et Léon vous invitent à découvrir, dans votre librairie préférée, une toute nouvelle et passionnante enquête "Jeu de mentueurs".